स्वागत है भली आत्माओ!

भूत-प्रेतों और भटकती आत्माओं की
डरावनी कहानियाँ

रस्किन बॉण्ड

अनुवाद
विपिन चौधरी

अनबाउंड स्क्रिप्ट

First published in English by Aleph Book Company in 2021

प्रथम संस्करण : 2023

ISBN : 978-93-92088-49-0

मूल्य : ₹ 249/-

प्रकाशक : अनबाउंड स्क्रिप्ट
बी-10, सेवेन वंडर्स बिजनेस सेंटर,
प्लॉट नं. जी-20 बेसमेंट, प्रीत विहार,
नई दिल्ली-110092

वेबसाइट : www.unboundscript.com

ई-मेल : books@unboundscript.com

Swagat Hai Bhali Aatmao!
***by* Ruskin Bond**
***Translated by* Vipin Choudhari**

अनुक्रम

परिचय

करोना में हम सब को पूरे दो साल घर पर ही रहना पड़ा। जो पढ़ाकू क़िस्म के लोग थे उनको शायद अलगाव की पीड़ा उतनी नहीं रही होगी।

मेरे एक मेहरबान पाठक ने मुझे मीठे रसीले आम भेजे। एक दूसरे पाठक ने मुझे उन्नीसवीं सदी में भूतिया कथाएँ लिखने वाले वड्र्सवर्थ की पुनर्प्रकाशित किताबों का एक सेट भेजा।

मैं एम. आर. जेम्स, एडिथ व्हार्टन, ऑलिवर ऑनियन (यह उसका असल नाम था) और अन्य लेखक जिन्हें गुमनामी से निकाला गया। मसलन –हेनरी एस. वाइटहेड को उनकी भूतिया वुडू कहानियों के साथ वेस्टइंडीज़ से निकाला गया।

इनके अलावा 'रात की कंपकंपी' कही जाने वाली डरावनी भूत की कहानियों की आयरिस लेखिका श्रीमती जे.एच. रुडेल को पढ़ा। उनकी कुछ अजीबोगरीब कहानियों से मुझे सच में कंपकंपी छूट गयी।

गुमनामी की बात करें तो पहली भूत-कहानी जो मैंने 1956 या 57 में लिखी थी, वह भी किसी भूत की तरह गुम हो गयी। उस कहानी का शीर्षक था, 'हैव यू एवर बीन इन लव विद ए घोस्ट?' यह कहानी भारत के इलस्ट्रेटेड *वीकली* में प्रकाशित हुई थीं। जिसे उस समय के प्रतिभ: ााशाली आयरिश व्यक्ति सी. आर. मैंडी ने संपादित किया था। जिन्होंने सेवानिवृत्त होने से पहले मेरी कई शुरुआती कहानियाँ प्रकाशित की थीं। मैंने काफी पहले की टाइप की हुई अपनी कार्बन कॉपी खो दी है

(उन दिनों फोटोकॉपी नहीं होती थी), और अगर वह कहानी अभी भी मौजूद है तो वह उस सम्मानित पत्रिका के अभिलेखागार में मिल जाएगी, उम्मीद है टाइम्स ऑफ इंडिया ग्रुप की फाइल मे सुरक्षित होगी।

वैसे यह कहानी कोई ख़ास मायने नहीं रखती। उसके बाद से मैंने भूत कथाओं के कई बंडल लिख दिये हैं। इस चयन में कई पुरानी कहानियाँ शामिल हैं, साथ ही कुछ ऐसी भी हैं जो हाल की महामारी के दौरान लिखी गई हैं।

मेरी शुरुआती कहानियों में से एक, "अ फेस इन द डार्क" ने हाल ही में स्कूल के पाठ्यक्रम में अपनी जगह बनाई है और कुछ छात्रों ने मुझे लिखा है कि वे कहानी के अनिर्णायक अंत से हैरान हैं। और फिर क्या हुआ? वे जानना चाहते हैं कि मिस्टर ऑलिवर ने जब बिना चेहरे वाले चौकीदार को देखा तो उसके बाद उनका क्या हुआ।

ठीक है, जब मैंने पहली बार यह कहानी लिखी थी तब इसकी आखिरी पंक्ति इस तरह थी- "और फिर मिस्टर ऑलिवर को दिल का दौरा पड़ गया।" लेकिन बाद में मुझे मिस्टर ऑलिवर के लिए अफसोस हुआ-एक कुंवारा व्यक्ति, जिसने हमें भूगोल पढ़ाया था! इसलिए मैंने उस अंतिम वाक्य को हटा दिया और उन्हें दिल का दौरा पड़ने से बचा लिया।

लेकिन जो लोग इस कहानी का निर्णायक अंत चाहते हैं, उनकी खुशी के लिए, मैं इसका अंत बदल देता हूँ।

मिस्टर ऑलिवर अपने मनोभावों से घबराए हुए थे, कमरे से खेल के मैदान में आकर धाराशायी हो गए। उन्होंने इस उम्मीद में अपने ड्रेसिंग टेबल के आईने को देखने की कोशिश की ताकि वे अपने आकृतिविहीन चेहरे का प्रतिबिंब देख सकें। लेकिन वहां कुछ दिखाई नहीं दिया, कोई प्रतिबिंब नहीं, कुछ भी नहीं। वो कायाहीन हो गए थे।

इससे अधिक की ज़रूरत नहीं है।

अन्यथा, 'आगे क्या हुआ' का दूसरा शोर उठेगा?

इस पूरी दुनिया का क्या होगा? शायद ज्योतिषियों की तरह हमें भी सितारों से सलाह लेनी चाहिए। या निस्सीम काल से भूतों का आगमन होगा।

रस्किन बॉण्ड

लंढौर

जून, 2021

1
दीवार पर साया

बीस साल की उम्र में जब मैं एक संघर्षशील स्वतंत्र लेखक का जीवन जी रहा था उन्हीं दिनों देहरादून में एक दुकान के ऊपर बने दो छोटे कमरों को किराए पर लिया। और लेखक के बतौर अपनी किस्मत आजमाने के लिए वहाँ बस गया। या लेखक के रूप में मुझे अपने सफल होने की उम्मीद थी।

उस घर में बिजली नहीं थीं क्योंकि घर के मालिक ने वर्षों से बिजली के बिल का भुगतान नहीं किया था। लेकिन इससे मुझे कोई परेशानी नहीं हुई। उन दिनों देहरादून ज्यादा गर्म नहीं था इसीलिए सीलिंग फैन की कोई जरूरत महसूस नहीं होती थी। मैंने सोचा कि तेल का एक लैम्प ही काफी रहेगा और इसकी रोशनी में लिखने का अहसास काफी रोमांटिक भी होगा। क्या हमारे पुराने महान लेखकों ने अपनी शानदार कृतियों को लैम्प की रोशनी में नहीं लिखा था? मैं गोएथे को उनके उपन्यास फऊस्ट, शेक्सपियर को अपने सॉनेट्स पर, दोस्तोएवस्की को क्राइम एंड पनिश्मन्ट् (शायद इसे उन्होंने जेल की कोठरी में लिखा था) पर मेहनत करने और निर्जन प्रदेश में पादरी पिता के अकेले खड़ें चर्च को घेर गरजते तूफ़ान के बीच लैम्प की मद्धम रोशनी 'वुथरिंग हाइट्स' लिखतीं एमिली ब्रॉंट की कल्पना किया करता।

अपने गाँव में लैम्प की रोशनी में लिखने वाले प्रेमचंद, अपनी दुछत्ती में लेखन करते कीट्स, पागलखाने में अपना समय व्यतीत कर रहे बेचारे जॉन क्लेयर, लिखा करते थे...। खैर, मैं कोई जीनियस नहीं था और मुझे पागलखाने में जाने की भी कोई इच्छा नहीं थी, लेकिन

लैम्प की रोशनी में लिखने का विचार मुझे पसंद आ गया था। इसलिए मैंने लैम्प और मिट्टी के तेल की एक बोतल ख़रीदी। उसे एक पुरानी डाइनिंग टेबल पर जमाया (अपना खाना नीचे सड़क पर बने ढाबे से ले आता था) लैम्प को साफ-सुथरा करके रख दिया और उसकी रोशनी में एक कहानी लिखने लगा।

फिलहाल मुझे कहानी का विषय याद नहीं है, मगर लैम्प की रोशनी में लिखने का वह प्रयास बुरा नहीं था। मैंने अपनी वह कहानी 'संडे मैगजीन' को भेज दी थी।

हर शाम ढाबे में खाना खाने के बाद लैम्प जलाता, टेबल पर बैठ कर कोई कहानी या लेख लिखता।

जब लिख नहीं रहा होता तब भी लैम्प की रोशनी का आनंद लिया करता। उसकी नाजुक चमक मुझे काफी सुकून देती थी, लैम्प की रोशनी की वजह से मेरा साया मेज के दूसरी ओर दीवार पर पड़ता। जब भी मैं अपनी कुर्सी से उठ कर कमरे में चारों ओर घूमता (लिखने के दौरान अक्सर मैं ऐसा करता हूँ।) मेरा साया मेरा पीछा करते हुए घूमता रहता था। कुछ इस तरह मानो वह मेरा सहचर हो।

साया, हमेशा इंसान की लंबाई से थोड़ा लम्बा होता है। रोशनी की वजह से मेरा साया बड़ा लम्बा दिखाई देता है। संभवतः उसका कांच या लैम्प की पोजीशन से कुछ लेना-देना रहा हो। और एक देर शाम, कहानी लिखने के दौरान मुझे अपने साये के साथ ही एक और साया दिखाई दिया। यह साया किसी और का था। कमरे में कोई और भी था जो मेरे कंधे पर सवार होकर मेरे लिखे को पढ़ रहा था।

जब आप कोई काम कर रहे होते हैं, उस समय किसी दूसरे का आपकी तरफ देखना, आपको हमेशा परेशान करता है। परीक्षा हॉल में जब सुपरवाइज़र मेरे सिर पर खड़े हो जाते थे तो मैं कुछ भी नहीं लिख पाता था। मैं उनके आगे बढ़ने का इंतजार करता, ताकि अपने पेपर पर ठीक से ध्यान दे सकूं। ठीक उसी तरह परेशान होकर मैंने मुड़कर देखा कि कौन मेरे कंधे पर बैठकर मुझे देख रहा है।

कमरे में मेरे अलावा कोई दूसरा नहीं था। मैं यह नहीं कह सकता कि मैं उस साये से डर गया था। लेकिन मैं बेहद असहज महसूस कर रहा था। क्या मैंने दीवार पर किसी साया की कल्पना की थी- किसी देखने वाले का साया? मैंने दुबारा दीवार की तरफ देखा। अब वहां कोई साया नहीं था।

मैंने फिर से लिखना शुरू कर दिया। लेकिन मैं भीतर से बेचैन था। मैं कमरे में खुद को अकेला महसूस नहीं पर पा रहा था, ऐसा लग रहा था जैसे कोई मेरे लिखे को पढ़ रहा है कि मैंने कहाँ तक लिख लिया है।

अच्छा, क्या हर लेखक किसी पाठक की कामना नहीं करता? फिर यह शिकायत क्यों? अगर घोस्ट राइटर हो सकते हैं तो घोस्ट रीडर भी हो सकते हैं।

और जब मैंने फिर से ऊपर की तरफ देखा तो वहाँ पर मुझे एक साया दिखाई पड़ा, जो कुर्सी पर मेरे साये के पास खड़ा था। और बहुत ध्यान से मेरे शब्दों, पेज और विचारों के प्रवाह को देख रहा था।

अगर मैं सही हूँ तो यह एक स्त्री का साया थाद्य उसके बाल कन्धों तक फैले हुए थे। उसकी कद-काठी एकदम औरतों वाली थी। और उसका वस्त्र उसके पीछे घिसट रहा था। यह सब कुछ उस छाया से साफ जाहिर होता था।

मैंने अपनी कलम रख दी। लिखे पन्नों को एक पेपरवेट से ढक दिया। लैम्प को बुझाकर दूर रख दिया और सोने चला गया। अँधेरा होने के बाद कोई साया भी नहीं था।

मुझे अँधेरे से कोई दिक्कत नहीं होती। अपने दृष्टिदोष के चलते मैं ठीक-ठाक उजाले में भी कुछ अँधेरा जैसा ही महसूस करता था। इसलिए मैं लैम्प की रोशनी प्रसंद करता हूँ। यह बहुत तेज, बहुत चुभने वाली नहीं होती; और इस प्रकाश वृत्त के बाहर अँधेरा होता है, एक आत्मीय अँधेरा जिसमें छोटे घरेलू चमगादड़, छोटे चूहे और शर्मीले लोग होते हैं।

लेकिन लैम्प साया छोड़ते हैं। और अगली शाम मैं अपने डेस्क पर बैठकर अपने इकलौते पाठक की प्रतीक्षा करने लगा।

मैं एक दो पेज लिखने के बाद से ही उसकी उपस्थिति महसूस करने लगा। मैं जानता था कि वह दिखना नहीं चाहती लेकिन उसका साया दीवार पर पड़ रहा है। कमरा अतर-गुलाल के गंध से भरने लगा। वह अपनी पसंदीदा सुगंध के जरिये अपनी उपस्थिति जाहिर कर रही थी।

मेरा मेहमान नाराज़ हो गया होगा क्योंकि गुलाब की खुशबू गायब हो गई थी और कुचले हुए गेंदे की तेज गंध आने लगी थी। मैंने अपने सिर को कंबल से ढक लिया और सभी तरह की गंध और परछाइयों के अहसास को बंद कर दिया।

अगली सुबह मैंने देखा कि पांडुलिपि के पन्ने, फर्श पर बिखरे हुए हैं। शायद सुबह हवा आने से वे बिखर गए थे। खिड़की आधी खुली थी; क्या उस साये ने उन्हें बिखेर दिया? साया अपनी मौजदूगी जताने की कोशिश कर रहा था।

मैंने रात के बजाए सुबह काम करना शुरू कर दिया। लैम्प को उसी समय जलाता जब सचमुच में मुझे उसकी जरूरत होती थी। साया से अब छुटकारा मिल जाएगा। प्रेतनी को अब आराम करने दो।

मगर इस तरह नजरअंदाज करना उस प्रेतनी को पसंद नहीं आया।

देर रात- सुबह के लगभग दो बजे होंगे, चुड़ैलों के आने का यही समय होता है- बेहद डरावनी चीखों के कारण मेरी नींद खुल गई। किसी स्त्री के चीखने की आवाज से सारा कमरा कांप उठा था।

दहशत में मैंने बिस्तर से छलांग लगा दी और लैम्प जला दिया, जो अब ड्रेसिंग टेबल पर रखा हुआ था। चीखना-चिल्लाना बंद हो गया। और साया दीवारों पर जल्दी-जल्दी दौड़ने लगा।

ऐसा लगभग एक हफ्ते तक एक रात के बाद अगली रात को होता रहा। आधी रात को चीखों से मेरी नींद खुल जाती जो लैम्प के जलने पर ही बंद होती थी। और फिर हवा में खुशबू नहीं बल्कि तेल और किसी चीज के जलने की गंध आने लगती थी।

मेरी जान-पहचान सिर्फ उस ढाबे के मालिक मेलाराम तक ही थी, जहां मैं खाना खाया करता था। उसने अपनी शानदार मूंछों को ऐंठा, सिर हिलाया और कहा; 'ऐसा लगता है कि आपके मकान मालिक ने आपसे कुछ छुपाया है- आपके फ्लैट में पाँच छः साल पहले मरी औरत की कहानी नहीं बताई। वे दोनों निःसंतान दम्पति थे। दोनों के बीच काफी झगड़ा होता रहता था। एक दिन, जब वह स्त्री रसोई में खाना बना रही थी, तब पेट्रोमैक्स का चूल्हा फट गया, जलता हुआ तेल उसके कपड़ों पर गिर गया और उसी समय वह आग की लपटों से घिर गई, वह मदद के लिए चिल्लाती हुई बालकनी की ओर भागी, लेकिन जब तक हम पहुँच पाते, तब तक वह बुरी तरह जल चुकी थी।

'उस समय उसका पति कहाँ था?'

'वह अपने किसी मरीज को देखने गया हुआ था। जब उसका पति अस्पताल पहुँचा तब तक वह मर चुकी थी।'

'तो यह एक दुर्घटना थी?'

'पुलिस ने इसे हादसा करार दिया था। मगर इस घटना को लेकर अफवाहें फैल रही थीं- ऐसे मामलों में हमेशा अफवाहें फैलने लगती हैं। और जब डॉक्टर ने शहर छोड़कर दिल्ली में अपनी प्रेक्टिस शुरू कर दी और दुबारा शादी कर ली तब तो और भी ज्यादा अफवाहें फैल गई थीं...।'

मैंने कहा- वे सारी अफवाहें, अटकलें होंगी, 'लेकिन मुझे निश्चय ही किसी स्त्री की उपस्थिति का अहसास होता है। उसकी परछाई असली लगती है- और अब उसकी वे चीखें! मैं स्टेशन होटल में जा रहा हूँ, तब तक शायद तुम मुझे दूसरा फ्लैट खोजने में मदद कर दो।'

लेकिन मैं तुरंत वहाँ से नहीं जा सका। दो सूटकेस में मेरे कपड़े और कुछ दूसरे निजी सामान थे। लेकिन अब तक मेरे पास मेरी नोटबुकों और पांडुलिपियों के अलावा अलमारी जितनी किताबें जमा हो गई थीं, जिन्हें सावधानी के साथ पैक किया जाना बाकी था। इसका मतलब था, मुझे इस प्रेतनी के कमरे में कुछ समय और बिताना पड़ेगा।

मैं जितना हो सकता उतनी देर से बिस्तर पर जाता। मैं अँधेरे में सोने चला गया, बल्कि बहुत ज्यादा अँधेरा भी नहीं था, क्योंकि पूर्णिमा की रात होने से चंद्रमा की किरणें छज्जे पर पड़ रही थीं। मैंने लैम्प नहीं जलाया; मेरे पास मेरे गिर्द पहले ही कम परछाइयाँ नहीं थीं!

मैंने मेलाराम के युवा सहायक को सुबह के समय एक गिलास गर्म चाय लाने को कहा था। मैं चैन से सो गया। उस रात कोई चीख-पुकार सुनाई नहीं दी। लेकिन उस रात अपने बाएं कंधे को हिलाने से मैं जाग गया था और घूरने लगा और यह सोचते हुए कि चाय वाला लड़का, मेरी चाय लेकर आया है, मैंने उसे कहा - 'क्या हुआ! इतनी जल्दी? पूर्णिमा की चांदनी खत्म हो गई थी और चारों तरफ अंधेरा था,

मुझे मेरी बात का कोई जवाब नहीं मिला। इसके बजाय किसी ने मेरे कंधे पर एक और बार धौल जमाया।

इससे मुझे गुस्सा आ गया, मैंने कहा, "तुम बोलते क्यों नहीं, क्या परेशानी है?"

अब भी कोई जवाब नहीं मिला। जैसे ही मैं उठने लगा तो मुझे लगा कि कोई इंसान अपने गर्म और गोलमटोल नरम हाथों को मेरे शरीर पर फिरा रहा है।

मैं अब भी यही सोच रहा था कि यह चाय वाला लड़का ही है। मैंने उसका हाथ पकड़ लिया; लेकिन मेरे हाथों को किसी की कलाई और बिना बाजू की बाँहों का अहसास हुआ। मैंने हथेली को महसूस किया, लेकिन जब मैं कोहनी तक पहुंचा तो हाथ खत्म हो चुका था। मुझे ऐसा लग रहा था कि मैं बिना देह की हथेलियाँ छू रहा हूँ।

आप मेरे डर की कल्पना कर सकते हैं। मैंने हाथ को नीचे फेंका और खुद बिस्तर से गिर पड़ा और मदद के लिए पुकारते हुए बालकनी की ओर दौड़ा। तब तक मेलाराम ऊपर आ चुका था; वह और उसका सहायक मशाल और एक पुरानी बन्दूक के साथ दौड़ते हुए मेरे पास आए। लेकिन कमरे में कोई कुछ नहीं था, जले हुए या कटे हुए शरीर के अवशेष भी नहीं। जल्द ही भोर का उजाला फैल गया।

स्टेशन होटल में कुछ रात बिताने के बाद, मुझे ओडिअन सिनेमा के ठीक पीछे रोशनी से भरपूर एक बढ़िया फ्लैट मिल गया। उसमें बिजली भी थी। हालाँकि बिजली की कटौती बहुत लंबी होती थी। लेकिन अब मैं तेल के लैम्प, जो मेरे पास अब भी था, पर निर्भर नहीं था- अगर मैं बिजली के बिल नहीं भरता तो उस लैम्प का इस्तेमाल कर सकता था!

लेकिन मैं अपने तेल के लैम्प की कोमल रोशनी से दूर हो गया था। मुझे ऐसा लग रहा था कि मैंने दिन के उजाले या बिजली की सख्त रोशनी की बजाए लैम्प की रोशनी में बेहतर लिखा है। यह रोशनी मुझे लेखन का सही माहौल प्रदान करती है; जैसा मैं चाहता हूँ वैसा रहस्य, उदासी, व्यक्त की जाने वाली भावनाओं के स्पर्श का मूड बनता है।

इसलिए एक शाम मैंने लैम्प जलाया, वापिस अपनी आराम कुर्सी पर बैठ गया, और दीवार पर परछाई को देखने लगा।

पर वहाँ मेरी परछाई के अलावा मेरे कंधे पर टिकी, कोई दूसरी परछाई नहीं थी। पुराने गाने के बोल- 'इट वाज जस्ट माई शेडो एंड मी', की तरह मैं और मेरी परछाई थी और वाकई हमारी आपस में कोई संगत नहीं बैठती थी।

मैं शहर के दूसरे छोर पर रहने वाले अपने एक दोस्त से मिलने गया और देर से घर लौटा। मैं इतना थक गया था कि कोई काम नहीं कर सकता था इसीलिए मैंने लैम्प को जलता रहने दिया और सोने के लिए बिस्तर पर चला गया। बाहर, सड़क पर, घड़ी बारह बजा रही थी।

मैं एक सपना देख रहा था तभी मुझे लगा कि मेरे कंधे पर एक कोमल हाथ है फिर दूसरा हाथ मुझे छू रहा है। मैं भय और आशंका से काँप उठा। हाथ फिसलते हुए मेरे सीने और बाहों तक पहुँच गए, इस बार वे शरीर से अलग नहीं लग रहे थे। मैं बिल्कुल शांत लेटा रहा।

जैसे ही मैंने उठने की कोशिश की, उसकी खुली हुई बांह, लंबी होते हुए मेरे शरीर पर फैल गई, पूरे कमरे में फैलती हुई उस बांह ने

लैम्प को बुझा दिया। मैं बिस्तर पर एक सिरकटी औरत के साथ था! और इस तरह मैं जाग गया। मैं इसी तरह हमेशा जाग जाता हूँ। क्योंकि यह सपना है, एक बुरा सपना, जिसने सालों तक मेरा पीछा किया है, जिसने मुझे धीरे-धीरे पागलपन की तरफ धकेल दिया। क्योंकि मैं कल्पना करने की कोशिश करने लगता हूँ कि सिर-हीन देह दिखाई कैसी देती है।

2
ओवरकोट

मौसम साफ था लेकिन ठंड बहुत ज़्यादा थी, और जैसे ही चांद उठकर हिमालय की चोटियों पर आया, मैंने देखा कि शहर की सड़कों पर अब भी कहीं-कहीं कुछ बर्फ मौजूद थी। किसी किताब और गर्म पानी की बोतल बगल में दबाकर मैं अपने बिस्तर में बड़े मजे में लेटा होता, लेकिन मैंने कपाड़िया परिवार से उनकी पार्टी में शामिल होने के लिए हामी भर दी थी और मुझे लगा कि अब वहां न जाना उनका मान न रखने वाली बात होगी। मैंने दो स्वेटर के ऊपर ओवरकोट पहन लिया और एक पुराना फुटबॉल स्कार्फ बांध कर सड़क पर निकल पड़ा, जिस पर चांदनी बिखरी हुई थी।

कपाड़िया का घर एक मील से कुछ ही ज़्यादा होगा, और करीब आधी दूरी मैं पैदल तय कर चुका था जब मैंने सड़क के बीचों-बीच एक लड़की को खड़े देखा।

सोलह या सत्रह साल की रही होगी। वह पुराने जमाने की लग रही थी- लंबे खुले बाल, कमर को छूते, और सलमा-सितारे जड़ा उसका गुलाबी और हल्का जामुनी पहनावा, जिसे देखकर मुझे अपनी दादी के जमाने के खानदानी फोटो एल्बम में लगी तस्वीरें याद आ गयीं। जब मैं करीब गया, तो मैंने देखा कि उसकी आंखें बहुत सुंदर और मुस्कान मन को जीत लेने वाली थी।

'गुड ईवनिंग,' मैंने कहा, 'बाहर निकलने के लिए आज की रात कुछ ज़्यादा ठंडी है।'

'क्या आप पार्टी में जा रहे हैं?' उसने पूछा।

'सही पहचाना। और मैं तुम्हारे लुभावने पहनावे को देख कर कह सकता हूँ कि तुम भी पार्टी में ही जा रही हो। मेरे साथ चलो, हम बस पहुँच ही गये।'

वह मेरे बगल में साथ-साथ चलने लगी और जल्द ही देवदार के पेड़ों के बीच से कपाड़िया के घर की जगमगाती रोशनी दिखने लगीं। लड़की ने मुझे बताया कि उसका नाम जूली है। मैंने उसे इससे पहले नहीं देखा था, लेकिन तब तक मुझे इस हिल स्टेशन में रहते कुछ ही महीने हुए थे।

पार्टी में काफी लोग थे लेकिन ऐसा लग रहा था कि जूली को कोई नहीं जानता था। सभी को लगा कि वह मेरी दोस्त है। मैंने भी इनकार

नहीं किया। जाहिर है कि वह एक ऐसी शख्स थी जो अकेलापन महसूस कर रही थी और लोगों से जुड़ना चाहती थी। और इसमें भी कोई शक नहीं कि वह पार्टी का पूरा मजा ले रही थी। मैंने उसे ज़्यादा खाते-पीते तो नहीं देखा, लेकिन वह लोगों के एक समूह से दूसरे में इधर-उधर आती-जाती, खुद बातें करती, दूसरों की सुनती, हंसती-मुस्कुराती दिखाई दी। और जब संगीत बजना शुरू हो गया, तो वह बिना थमे नाचती जा रही थी, कभी अकेले, तो कभी किसी के साथ, खुद पूरी तरह संगीत में डूबी। उसे कोई फर्क नहीं पड़ रहा था कि उसके साथ कौन है।

तकरीबन आधी रात का वक्त होगा जब मैं जाने के लिए उठा। मैं अच्छी खासी पी चुका था, और खुद को नींद के हवाले करने को तैयार था। जब मैं अपने मेजबानों को अलविदा कहने के साथ सभी को क्रिसमस की शुभकामनाएं दे रहा था, जूली ने अपनी बांह मेरी बांह में डाल कर कहा कि वह भी घर जायेगी।

जब हम बाहर पहुँचे, तो मैंने पूछा, 'जूली, तुम कहां रहती हो?'

'वुल्फ्सबर्न में,' उसने कहा। 'ठीक पहाड़ी के ऊपर।'

'हवा ठंडी है,' मैंने कहा, 'और हालांकि तुम्हारा लिबास खूबसूरत है, लेकिन यह गर्म नहीं लगता। बेहतर होगा कि तुम मेरा ओवरकोट डाल लो, यह लो। मेरे पास सर्दी से बचने का काफी इंतजाम है।'

उसने मना नहीं किया और मैंने अपना ओवरकोट उसके कंधों पर डाल दिया। फिर हम घर की ओर चल पड़े। लेकिन मुझे पूरे रास्ते उसके साथ नहीं चलना पड़ा। जिस जगह हम मिले थे, उसके पास ही उसने कहा, 'यहां से एक छोटा सा रास्ता जाता है। मैं इससे जल्द ही पहुँच जाऊंगी।'

'तुम्हें रास्ता ठीक से पता है न?' मैंने पूछा। श्यह बहुत संकरा रास्ता है।'

'हां जी, मैं इस रास्ते के चप्पे-चप्पे को जानती हूँ। हमेशा इसी से आती-जाती हूँ। और फिर आज तो चांदनी रात है।'

'ठीक है, कोट डाले रहो,' मैंने कहा। 'मैं इसे कल भी ले सकता हूँ।'

वह एक पल के लिए झिझकी, फिर मुस्कुराई, और मेरी ओर देखते हुए सिर हिला दिया। इसके बाद वह ऊपर चढ़ते-चढ़ते नजरों से ओझल हो गयी, और मैंने अकेले घर का रास्ता पकड़ा।

अगले दिन मैं वुल्फ्सबर्न चला गया। मैंने एक छोटे से नाले को पार किया, जिसके नाम पर शायद उस घर का नाम पड़ा था, और लोहे के एक खुले गेट में घुस गया। लेकिन वहां घर के नाम पर ज़्यादा कुछ नहीं बचा था। बिना छत का खंडहर, कुछ पत्थरों का ढेर, एक टूटी हुई चिमनी, और जहां कभी बरामदा रहा होगा, वहां, अंग्रेजी शैली के डोरिक खंभे।

क्या जूली ने मेरे साथ मजाक किया था? या मैं गलत घर में घुस गया था?

वहां से, मैं पहाड़ी के दूसरी ओर मिशन हाउस चला गया जहां टेलर परिवार रहता था, और घर की बुजुर्ग मिसेज टेलर से पूछा कि क्या वह जूली नाम की लड़की को जानती हैं।

'नहीं, मुझे नहीं याद आता,' उन्होंने कहा, 'वो रहती कहां है?'

'वुल्फ्सबर्न में, मुझे यही बताया था। लेकिन वह घर तो सिर्फ एक खंडहर है।'

'चालीस से ज़्यादा साल से वुल्फ्सबर्न में कोई नहीं रहा है। वहां मैकिनॉन रहते थे। यहां आकर बसने वाले पुराने परिवारों में से एक। लेकिन जब उनकी लड़की मर गयी...' वह रुकीं और मुझे अजीब सी नजरों से देखा। 'मुझे लगता है कि उसका नाम जूली ही था .... वैसे भी, जब वह मर गयी, तो उन्होंने घर बेच दिया और कहीं और चले गये। फिर कभी उसमें कोई नहीं रहा, और वह खराब होता गया। लेकिन यह वह जूली नहीं हो सकती जिसे आप ढूंढ रहे हैं। वह तपेदिक से मरी थी- उन दिनों इसके लिए आप ज़्यादा कुछ नहीं कर सकते थे। उसकी कब्र सड़क के ठीक नीचे कब्रिस्तान में है।'

मैंने मिसेज टेलर को शुक्रिया अदा किया और धीरे-धीरे कब्रिस्तान की ओर चल दिया। सच तो यह है कि मैं उसके बारे में और कुछ नहीं जानना चाहता था, लेकिन मेरी मर्जी के बिना कोई ताकत मुझे उस ओर लिये जा रही थी।

देवदारों के साये में वहां एक छोटा सा कब्रिस्तान था, जहां से आप हिमालय की हमेशा बर्फ से ढकी रहने वाली चोटियों को साफ नीले आसमान के आगे खड़े देख सकते थे। वहां अंग्रेजी साम्राज्य को खड़ा करने वाले भूले-बिसरे फौजियों कारोबारियों, दूसरे हिम्मती लोगों, उनकी पत्नियों और बच्चों की हड्डियां दफन हैं। मुझे जूली की कब्र ढूंढने में देर नहीं लगी। उसकी कब्र के सिरहाने लगे मामूली से पत्थर पर उसका नाम साफ-साफ खुदा हुआ था-

जूली मैकिनॉन 1923-39

एक पल साथ जीया

दूजा मौत के नाम

अब खुदाई पनाह में

करती है आराम।

कितने ही मानसून आये और कब्रों के पत्थरों को भिगोते हुए निकल गये, लेकिन ऐसा लगता था उन्होंने इस छोटी सी लहद यानी कब्र के सिरहाने के पत्थर को छुआ तक नहीं था।

मैं लौटने के लिए मुड़ रहा था कि तभी मुझे पत्थर के पीछे रखी किसी चीज की एक झलक मिली जो जानी-पहचानी लगी। मैं उधर गया जिधर वह थी।

वहां घास पर रखा था, सलीके से तह किया हुआ, मेरा ओवरकोट।

3

खोपड़ी

आमतौर पर मुझे कंकालों और पुरानी हड्डियों से कोई परेशानी नहीं है और न ही मुझे उनसे डर लगता है- खोपड़ियाँ तो बस मृतकों के लंबे समय तक रखे हुए अवशेष हैं- इसलिए, जब मेरा भतीजा अनिल अपने मेडिकल कॉलेज से अच्छी तरह से सुरक्षित रखी गई एक खोपड़ी लेकर आया, तो मुझे उससे कोई खतरा नहीं नजर आया। वह मेडिकल के दूसरे वर्ष का छात्र था, और थोड़ा मसखरा भी था।

'मुझे विश्वास है कि तुम इसे बिना पूछे नहीं लाए होगे,' मैंने खोपड़ी को अपने हाथों में लेते हुए और इसकी समरूपता की प्रशंसा करते हुए कहा। लेकिन, मैंने यह बात हैमलेट की तरह दार्शनिक बनते हुए नहीं कही थी।

'अरे, हमारा कॉलेज तो ऐसी खोपड़ियों से भरा पड़ा है,' अनिल ने कहा, 'मैं इसे इन छुट्टियों के लिए उधार लेकर आया हूं।' उसने इस खोपड़ी को कुछ पुरस्कारों और स्मृति चिन्हों (ज्यादातर सस्ते पीतल के बर्तन) के बीच मैन्टल्पीस पर रख दिया था, और मैं सही कहूं तो ऐसा करने से मैंटल्पीस थोड़ा ज़्यादा आकर्षक दिखाई देने लगा था।

अनिल ने खोपड़ी को मैंटल्पीस के एक सिरे पर रख दिया था। जब तक हमने रात का खाना खाया तब तक वह खोपड़ी वहीं रखी रही। फिर वह एक किताब लेकर बैठ गया, और मैंने अपने लिए ब्रांडी का एक छोटा गिलास बनाया और एक नोटबुक लेकर आरामकुर्सी पर बैठ गया। गर्मी का मौसम था, और खिड़की खुली थी, ताकि हम शाहबलूत के पेड़ों में गाते हुई झींगुरों को सुन सकें। मेरा कॉटेज मसूरी

के बाहरी इलाके में था, जो हिमालयी शाहबलूत और मेपल के पेड़ों से घिरी हुई थी।

मैं जंगली फूलों पर एक लेख लिखने के लिए कुछ नोट्स ले रहा था। जब मैंने अपने नोट्स ले लिए और ब्रांडी खत्म कर ली, तो मैंने ऊपर की तरफ देखा और पाया कि खोपड़ी अब मैंटल्पीस के बीच में रखी थी।

'क्या तुमने खोपड़ी की जगह बदल दी?' मैंने अनिल से पूछा।

अनिल ने ऊपर की तरफ देखा, और कहा, 'नहीं, मैंने तो इसे मैन्टल्पीस के किनारे पर रखा था।'

'अच्छा, अब यह बीच में रखी हुई है। यह वहां कैसे पहुंच गई?'

'अंकल आपने ही इसे बीच में रख दिया होगा, लगता है आपने कुछ ज्यादा ब्रांडी पी ली होगी और फिर उसकी जगह बदल दी होगी।'

अनिल की बात का मैंने कोई जवाब नहीं दिया, और बात वहीं खत्म हो गई।

मुझसे मुलाकात करने वाले लोगों का अक्सर तांता लगा रहता था। उनमें स्कूली शिक्षक, हिल स्टेशन पर आने वाले, छात्र, दूसरे लेखक, और पड़ोसी भी होते थे। उस सप्ताह मेरे पास बहुत से मेहमान आए थे, जाहिर है उन सबकी नजर उस मैंटल्पीस पर रखी खोपड़ी पर पड़ी। उसे देख कर कुछ मुलाकाती बहुत उत्सुक थे, वे जानना चाहते थे कि यह खोपड़ी किसकी है। जबकि एक-दो अध्यापिकाएँ इसे देख कर डर गईं। मेरे एक साथी लेखक ने बताया कि बैठने के कमरे में मानव अवशेषों को रखना, मेरे सौंदर्यबोध की कमी दर्शाता है। एक मुलाकाती ने इसे खरीदने की पेशकश की।

मैं उस शोकदायी चीज को खुशी-खुशी बेच देता, लेकिन वह अनिल की थी और उसका इरादा इसे वापस मेरठ ले जाने का था। लेकिन जब जाने

का समय आया तो वह खोपड़ी के बारे में भूल गया, इसमें कोई शक नहीं कि छुट्टियों में उसका दिमाग दूसरी चीजों में लगा रहा। जैसे वह दिल्ली की एक छात्रा के रोज आने वाले फोन और उससे चैटिंग में व्यस्त रहा। उसके जाने वाले दिन, जब मैं उसे बस स्टॉप पर छोड़ने के बाद, घर आया तो पाया कि खोपड़ी अभी भी मैंटल्पीस पर रखी हुई थी।

मैंने उसे कुछ दिनों तक नजरअंदाज किया। और खोपड़ी को मेरा ऐसा करना बुरा नहीं लगा। वह दिन के समय मुझसे मुलाकात करने वालों के आकर्षण का केंद्र बनी रही।

लेकिन मैं उससे तंग होने लगा था, मुझे उसकी उपस्थिति से बैचेनी होने लगी थी। हर शाम, जब मैं व्हिस्की या ब्रांडी का आनंद लेने के लिए बैठता, तो मुझे लगता कि उसकी खाली आंखें मुझे घूर रही हैं और एक बार जब मैंने उसकी जगह बदलने की कोशिश की, तो मेरा हाथ उसके जबड़े की हड्डी में फंस गया और मैं बड़ी मुश्किल से निकाल पाया।

उसकी मौजूदगी से तंग आकर मैंने उसे बंद करके रखने का फैसला किया ताकि मुझे दिखाई न दे। मेरे कमरे की दीवार में एक अलमारी थी, जहां पर मैंने अपनी पांडुलिपियां, नोटबुक और लेखन सामग्री रखी हुई थी, वहां पर खोपड़ी के लिए बहुत जगह थी इसलिए मैंने उसे अलमारी में रख दिया, और अलमारी के दरवाजे को अच्छी तरह बंद कर दिया।

उस शाम मैंने मानव सिर के उस अवशेष को देखे बिना अपने ड्रिंक का आनंद लिया। बाहर झींगुर गा रहे थे, एक निशाचर कीटभक्षी पक्षी बोल रहा था, और हवा का एक झोंका, पेड़ों से होते हुए धीरे-धीरे आगे बढ़ रहा था। मैंने अपना लेख खत्म किया और खुशी से अपने बिस्तर पर चला गया।

आधी रात में एक तेज खड़खड़ाहट की आवाज से मेरी नींद खुल गई। पहले तो मुझे लगा कि यह आवाज दरवाजे की किसी ढ़ीली कुंडी या ड्रेनपाइप के डगमगाने की आवाज है; फिर महसूस हुआ कि शोर दीवार की अलमारी से आ रहा है। शायद, कोई चूहा है? लेकिन नहीं।

जैसे ही मैंने अलमारी का दरवाजा खोला, खोपड़ी बाहर निकल कर, मेरे पैरों पर आ गिरी और उछल कर सीधे ड्राइंग रूम में चली गई।

शांति और सुकून पाने के लिए, मैंने इसे दोबारा से मैन्टल्पीस पर रख दिया। यदि खोपड़ी मुस्कुरा सकती है, तो शायद वह जरूर मुस्कुराई होगी। मैं वापस अपने बिस्तर पर चला गया और किसी बच्चे की तरह सो गया। अब वह नाचने वाली खोपड़ी मुझे रात की अच्छी नींद का आनंद लेने से नहीं रोक पाएगी।

लेकिन अगली सुबह मैंने पार्सल बनाने का काम ले लिया था। आम तौर पर, मुझे पार्सल बनाने से नफरत है, मैं ठीक से नहीं बना पाता। लेकिन इस बार मुझे पार्सल बनाने में मजा आ रहा था। मैंने खोपड़ी को एक प्लास्टिक बैग में लपेटा, फिर उसे एक मजबूत कार्ड-बोर्ड बॉक्स में रखा, इसे भूरे रंग के पार्सल पेपर में लपेट कर काफी सारी सेलो टेप का इस्तेमाल कर पैकेज पर डॉ. अनिल के मेडिकल कॉलेज का पता लिख दिया। फिर मैंने शहर जाकर उसे डाकघर में पंजीकरण क्लर्क को सौंप दिया।

फिर संतुष्ट होकर अपने हाथों को आपस में रगड़ते हुए, मैंने पहाड़ी से नीचे अपनी कॉटेज की ओर चलने से पहले मछली, और चिप्स और एक आइसक्रीम का आनंद लिया।

वह खोपड़ी उस पार्सल से बाहर कैसे निकली? यह मैं कभी नहीं जान पाया। शायद किसी बेवकूफ डाक क्लर्क ने पार्सल के अंदर की सामग्री की जांच करने के लिए इसे खोला होगा। यह बात पक्की है कि अब उसे जीवन भर का डर मिल गया होगा, वह फिर कोई पार्सल नहीं खोलेगा।

अपने कमरे में जाते समय, मैं उस खड़े रास्ते से लगभग आधा नीचे था, जो हमारे प्रसिद्ध स्कूलों में से एक की ओर जाता है, तो मुझे अपने पीछे ढलान पर कुछ खड़खड़ाहट सुनाई दी। पहले तो मुझे लगा कि यह किसी खाली टिन की आवाज है, लेकिन फिर मैंने भगवान

द्वारा भेजे उस साथी को पहचान लिया, वह मनहूस खोपड़ी, रैपिंग पेपर के टुकड़ों और सेलोटेप से अलंकृत, उछलते हुए मेरी ओर आ रही थी। मैं दौड़ता हुआ अपनी कॉटेज में गया ताकि अन्दर जाकर दरवाजा बंद कर लूँ। लेकिन देखा तो वह खोपड़ी मेरे सामने थी, पेटुनिया के फूलों से भरे बर्तन में पड़ी मुझ पर मुस्कुरा रही थी।

आखिरकार वह अपने पसंदीदा स्थान, मैन्टल्पीस पर चली गई, और वहां यह कई हफ्तों तक रही।

स्कूल के खेल का मैदान, कॉटेज के रास्ते के ठीक ऊपर पड़ता था, और जब लड़कों का फुटबॉल मैच होता था तब मुझे फुटबॉल को किक करने की आवाज साफ सुनाई देती थी।

एक दिन फुटबॉल उछल कर मैदान के बाहर गिर गई और पहाड़ी से नीचे की ओर लुढ़कती हुई फूल की क्यारी में आकर ठहर गई। मैच खत्म हो गया था और किसी भी लड़के ने गेंद को वापस लेने के लिए नीचे आने की जरूरत नहीं समझी। लेकिन उस फुटबाल को देखकर मेरे मन में एक विचार आया। मैंने फुटबॉल के ब्लैडर को बाहर निकाल कर फेंक दिया, और उस खोपड़ी को चमड़े के अंदरूनी हिस्से में भर दिया, और उसे मजबूती से बांध दिया। मैं बहुत खुश था कि अब इस खोपड़ी से मेरा फिर कभी पाला नहीं पड़ेगा। फिर मैंने उस खोपड़ी भरे फुटबॉल को स्कूल के स्पोर्ट्स मास्टर तक पहुंचा दिया।

एक दो दिन तक कुछ नहीं हुआ। स्पोर्ट्स मास्टर के पास फुटबालों की कोई कमी नहीं थी। फिर सेंट जॉर्ज कॉलेज के खिलाफ फुटबॉल मैच खेलते समय, एक बॉल उछल कर मैदान से बाहर चली गई और दूसरी बॉल की जरूरत पड़ी।

जब दूसरी बॉल मंगवाई गई तो वह पहली बॉल की तरह अच्छी तरह से उछाल नहीं खा रही थी, और वह ज्यादा चकरी खा रही थी और इच्छित दिशाओं के उलट दिशाओं में उछलने की कोशिश करती रही। इसके अलावा, जब भी उसे लात मारी जाती, तो उसमें चीखने जैसी आवाज आती थी; और कभी-कभी वह चीख, विरोध की चीख जैसी

लगती थी। दोनों छोरों के गोलकीपरों को बॉल पकड़ना मुश्किल लग रहा था, बॉल ने उनकी पकड़ से बाहर निकलने की पूरी कोशिश की। और ज्यादातर गोल सही तरीके के बजाय तुक्के से किए गए। आखिर इस बेकार फुटबॉल को खेल से बाहर कर दिया गया और फिर से एक नई, दूसरी बॉल मंगवाई गई।

मैं यह सोचने पर मजबूर हो गया कि पुरानी फुटबाल का क्या होता होगा? शायद बेकार समझकर कूड़ेदान में फेंक दिया जाता हो।

लेकिन इस मामले में, फुटबॉल को एक नया मालिक मिल गया था, क्योंकि स्पोर्ट्स मास्टर एक दयालु व्यक्ति था, जिसने इलाके के गरीब बच्चों को पुराने बैट, बॉल और दूसरे घिसे-पिटे खेल के सामान दे दिए थे। वह पुराना बेकार फुटबॉल राजपुर के पास के एक गांव के एक लड़के के पाले पड़ा और वह लड़का और उसके दोस्त उसे पाकर बहुत खुश हुए। वे पूरे रास्ते बॉल को लात मारते हुए ले जा रहे थे। फुटबॉल खूब चीख-पुकार की लेकिन वे इतना शोर मचा रहे थे कि उन्होंने सुना ही नहीं। कि बॉल उनका विरोध कर रही थी लेकिन वे लात मारते हुए आगे बढ़ते रहे।

आखिरकार, जंगल के किनारे पर अकेले रहने वाले एक लेखक के लिए उस खोपड़ी का साथ होना एक तरह की कंपनी थी। और जब आप किसी के साथ लंबे समय तक रहते हैं, तो आप आपस में चाहे जितना झगड़ें या एक-दूसरे पर हावी होने लगें हों लेकिन आपको एक-दूसरे से लगाव हो जाता है और उस लगाव की ताकत को तभी जाना जा सकता है जब वह संबंध टूट जाता है।

मेरे साथ यह खोपड़ी एक साल से भी ज्यादा समय से थी, मुझे उससे लगाव हो गया था और अब जब वह हमेशा के लिए चली गई थी तो मुझे अपना जीवन काफी खाली लग रहा था।

इसलिए मैंने खोपड़ी की खोज शुरू की। मैंने राजपुर के बच्चों से पूछताछ की; लेकिन उनकी फुटबॉल तो बहुत समय पहले ही गुम हो

गई थी। मैंने देहरादून की सभी कबाड़ की दुकानों का चक्कर लगाया; लेकिन सब बेकार। एक कबाड़ी की दूकान पर बहुत सारे पुराने फुटबॉल पड़े थे, लेकिन वह नहीं थी, जो मुझे चाहिए थी। दरअसल कबाड़ियों ने, कभी खोपड़ी नहीं खरीदी थी और न ही कभी बेची थी।

कुछ दिन बाद युवा डॉक्टर, अनिल मेरे पास थोड़े समय के लिए आया और उसने मुझसे पूछा, 'अंकल आप कुछ उदास और खोये-खोये से लग रहे हो।'

'क्या आपको कोई परेशानी है?' उसने पूछा, 'आप ऐसे दिखाई दे रहे हो जैसे आपने अभी-अभी कोई दोस्त खो दिया हो!'

'हां, सचमुच,' मैंने कहा, 'मुझे वह खोपड़ी बहुत याद आती है जो तुमने मुझे दी थी। वह मेरे लिए एक तरह की कंपनी थी?'

'कोई बात नहीं, मैं आपको एक और खोपड़ी ला दूंगा। मेरे कॉलेज में खोपड़ियों की कोई कमी नहीं है।'

"नहीं, मुझे दूसरी खोपड़ी का इन्तजार नहीं करना। मुझे वही खोपड़ी चाहिए। उसका अपना एक व्यक्तित्व था।'

अनिल ने मेरी ओर ऐसे देखा जैसे मेरा दिमाग सटक गया हो, और शायद ऐसा ही था भी, मैं उस खोपड़ी को लेकर बहुत पॉजेसिव हो गया था।

और फिर एक दिन, जब मैं पास के शहर, सहारनपुर में एक व्यस्त सड़क पर चल रहा था, तब मैंने देखा कि एक ज्योतिषी फुटपाथ पर अपनी दुकान लगाए बैठा था। मुझे किसी से अपने भाग्य के बारे में पूछने पर विश्वास नहीं था, लेकिन सभी को जीवन यापन करना होता है और किसी का पेशा, दूसरों के भाग्य की भविष्यवाणी करना भी हो सकता है। मुझे लगा कि मैं भी अपना भाग्य पूछ लेता हूं, इसमें कोई नुकसान तो होने वाला नहीं। और फिर मैंने देखा कि उसके बगल में एक खोपड़ी पड़ी हुई थी और ज्योतिषी अपने ग्राहक को सलाह या प्रोत्साहन के शब्दों के साथ कागज की एक पर्ची सौंपने से पहले उससे परामर्श

करता था। वह खोपड़ी देखने में कुछ-कुछ मेरी खोपड़ी जैसी लग रही थी, लेकिन मुझे यकीन नहीं हो रहा था। शायद लात-घूंसे और हाथापाई झेलने की वजह से मेरी खोपड़ी का रूप बदल गया था।

चलो, जो भी हो, मैंने ज्योतिषी को कुछ पैसे दिए और उससे मेरा भाग्य बताने को कहा। उसने कुछ जप किया, फिर खोपड़ी के नीचे से कागज की एक पर्ची निकाली और वह पर्ची एक फूल के साथ मुझे सौंप दी।

मैंने कागज पर छपे शब्दों को बड़े करीने से पढ़ा।

उस पर्ची पर लिखा था, 'उल्लू का पट्ठा'। उसके बाद लिखा था, 'गधे का बच्चा!'

यह निश्चित रूप से मेरी खोपड़ी थी! कोई पुराना दोस्त ही मुझे इस तरह गाली दे सकता है।

इसलिए मैंने ज्योतिषी से अपनी खोपड़ी लेने के लिए विनती की और सौदेबाजी की, उसे खोपड़ी के लिए सौ रुपये दिए और खुशी-खुशी उसे अपने साथ घर ले आया।

और आज यह, पहले से थोड़ी बदतर हालत में, आपने कंकाली चेहरे पर एक अल्हड़ मुस्कान लिए मेरे मैन्टल्पीस को अलंकृत कर रही है। इसके लुक को बेहतर बनाने के लिए मैंने इसके सिर पर एक पुरानी क्रिकेट कैप लगा दी है।

किसी ने सच कहा है, कभी-कभी हम अपने दोस्तों को ज्यादा महत्त्व नहीं देते, और जब उन्हें खो देते हैं तो उनकी अहमियत समझ आती हैं।

4
खंडहर महल

राजपुर से मसूरी तक का वह पुराना रास्ता जिस पर कभी घोड़े-खच्चर चला करते थे, लगभग पांच हजार फीट की ऊंचाई पर फॉस्टरगंज से होकर गुजरता था। पुराने जमाने में पक्की सड़क बनने से पहले हिल स्टेशन तक जाने के लिए यही इकलौता रास्ता था। आप टट्टू पर चढ़ कर जा सकते थे, पैदल चल कर जा सकते थे, या आपको एक टोकरी में ले जाया जा सकता था (अगर आप बच्चे हों) या एक डूली में (अगर महिला या अपाहिज हो)। झूला, स्ट्रेचर और पालकी के बीच की, मिली-जुली चीज होती थी डूली- अगर आप इस तरह की चीज की कल्पना कर सके। दो लोग मिलकर इसका बोझ ढोते थे, जिनके पसीने छूट जाते थे। कभी-कभी वे अचानक आराम करने के लिए बैठ जाते थे, और बिना बताये आपको जमीन के हवाले कर देते थे। मेरे पास मेरी दादी की एक तस्वीर है जिसमें वह एक डूली में चढ़ी हुई हैं, और वह डरी-सहमी सी लग रही हैं। एक ऐसी घटना भी हुई थी जिसमें एक डूली, उसमें बैठने वाली और दोनों उठाने वाले, सभी फॉस्टरगंज से ठीक पहले एक चट्टान से फिसल कर नीचे खाई में गिरने से मर गये थे। उस बेचारी महिला और उसकी डूली को उठाकर चढ़ाई पर ले जाने वाले दो कुलियों के भूत कभी-कभी नजर आ जाते हैं।

जाहिर है, फॉस्टरगंज के अपने भूत हैं। और सच तो यह है कि उनकी ओर यूं ही ध्यान चला जाता है।

लिखना मेरा पेशा है, और मैंने हमेशा वास्तव में बड़े लोगों की कही इस बड़ी बात को मानने की कोशिश की है कि- 'पढ़ने में मन लगाएं ताकि शांत रह सकें और अपने काम पर ध्यान दें सकें।' लेकिन छोटे

शहरों में बसने वाले भारतवर्ष में हम लगातार दूसरे लोगों के कामकाज की ओर ठीक उसी तरह खिंचे चले जाते हैं जैसे वे हमारे मामलों की ओर खिंचे चले आते हैं। फॉस्टरगंज में ऐसा बहुत होता था। वहां कुछ ही लोग थे; काम को टालने का कोई बहाना नहीं था। लेकिन भुतहे घरों और परियों से भरे जंगलों की कहानियों में मेरी हमेशा दिलचस्पी रही है, और जब मैंने सुना कि राजपुर के बीच रास्ते में जो टूटा-फूटा महल पड़ता है, वहां अंधेरा होने के बाद जाने से बचना चाहिए, तो जैसे मेरे पैर कुदरती तौर पर शाम की सैर के लिए उसी तरफ बढ़ने लगे।

उसका नाम था फेयरी ग्लेन। उसे स्विस या फ्रेंच हवेली की तर्ज पर बनाया गया था, जिसमें कई बुर्ज और मीनार इमारत के अलग-अलग हिस्सों की शोभा बढ़ाते थे। कई छज्जे, मुंडेर, कंगूरे और खिड़कियों से भरी-पूरी एक फैलावदार दो-मंजिला इमारत, जिसकी बनावट में कई स्थापत्य शैलियों का घालमेल था, जिससे वह कभी महल तो कभी शादी का केक लगती थी। इसे इसके दिवंगत मालिक, नेपाल के पास एक छोटी सी रियासत रानीपुर के राजा के सनक की हद तक बढ़े शौक को पूरा करने के लिए बनाया गया था। इस सजीली इमारत को ठीक-ठाक हालत में बनाये रखना बड़ी भारी मुसीबत काम रहा होगा; और इसीलिए उनके आज के वारिसों ने इसे काफी हद तक नजरंदाज कर दिया था, क्योंकि कई जगह इसकी छत के हिस्से गायब थे, कुछ खिड़कियों में शीशे नहीं थे, दरवाजों में फांट आ गयी थीं, और जहां कभी बगीचा हुआ करता था वहां अब एक छोटा-मोटा जंगल सा उग आया था। ऐसा लगता था कि अब वहां कोई नहीं रहता, यहां तक कि कोई देखभाल करने वाला भी नहीं। मैं ढलवां लोहे के फाटक के पास से कई बार गुजरा था, लेकिन मुझे वहां किसी जीते-जागते शख्स का कोई नामोनिशान नहीं दिखाई दिया, एक बड़ी सी स्लेटी रंग की बिल्ली के सिवाय, जो एक टूटी हुई खिड़की के बाहर धूप सेंक रही थी।

फिर एक शाम राजपुर से फॉस्टरगंज की ओर जाते हुए मैं तूफान में फंस गया।

एक आंधी सी उठी थी, जो अपने साथ काले, घने बादलों को लेकर आयी थी। बारिश की मोटी-मोटी बूंदों के बाद पथरीले रास्ते पर ओले गिर कर उछलने लगे। बांज के पेड़ों के बीच से गुजरते हवा के थपेड़ों से पत्तियां और छोटी शाखाएं लहरा रही थीं। मैं अभी फॉस्टरगंज बाजार से कुछ मील की दूरी पर था, और मुझे किसी पेड़ के साये में ठहरने का मन नहीं था, क्योंकि अंधेरे के आगोश में जा रहे आसमान को पल-पल में कौंधती बिजली रोशन करने लगी थी। तभी मैंने खुद को उस खाली पड़े महल के फाटक के बाहर पाया।

फाटक के बाहर एक पुराने ढंग की संतरी के खड़े होने की जगह थी। बरसों से कोई संतरी उसमें खड़ा नहीं हुआ था। बारिश से बचने के लिए वह एक अच्छी जगह थी। लेकिन मैं झिझक रहा था क्योंकि एक बड़ा सा परिंदा फाटक पर बैठा हुआ था, जो लगातार हो रही उस बारिश से बेखबर लग रहा था।

वह एक आम कौवे या पहाड़ी कौवे की तरह दिखता था, लेकिन इन दोनों से ही काफी बड़ा था - वास्तव में, एक कौवे से दोगुना बड़ा लेकिन हूबहू कौवे जैसा - और जैसे ही फिर से बिजली कौंधने से फाटक उजाले से नहाया, उसने एक पुकार लगायी और अपने बड़े से डैने फैला कर बांज के जंगल की ओर उड़ गया। मैंने ऐसा पक्षी पहले नहीं देखा था; उसे देख कर कुछ दाल में काला लग रहा था, जैसे वह किसी दूसरी दुनिया से आया हो। लेकिन वह चला गया तो मैं बिना किसी देरी के संतरी वाली जगह में घुस गया।

करीब दस मिनट तक मैं वहीं खड़ा-खड़ा सोचता रहा कि बारिश न जाने कब रुकेगी, और तभी मैंने किसी के सड़क पर दौड़ने की आवाज सुनी। जैसे ही वह पास आया, मैंने देखा कि वह एक लड़का था, शायद ग्यारह या बारह साल का; लेकिन अंधेरे में मैं उसके नाक-नक्श नहीं देख पाया। वह फाटक पर आया, कुंडा उठाया, और अंदर जाने ही वाला था कि उसने मुझे संतरी वाली जगह में देख लिया।

‘कौन? आप कौन हैं?’ उसने पूछा, पहले हिंदी और फिर अंग्रेजी में। वह कहीं से हैरान या परेशान नहीं लग रहा था।

‘बस बारिश से बचने के लिए रुक गया था,’ मैंने कहा। ‘मैं बाजार में रहता हूं।’ उसने अपनी जेब से एक छोटी सी टॉर्च निकाली और मेरे चेहरे पर रोशनी डाली।

‘हां, मैंने आपको वहां देखा है। सैलानी हैं?’

‘लेखक। मैं कहीं जाता हूं तो वहां रहता हूं, यूं ही कहीं से होता हुआ गुजर नहीं जाता।’

‘क्या आप अंदर आना चाहेंगे?’

मुझे हिचकिचाहट हुई। अभी भी बारिश हो रही थी और संतरी वाली जगह की छत बुरी तरह से टपक रही थी।

‘क्या तुम यहां रहते हो?’ मैंने पूछा।

‘हां, मैं राजा का भांजा हूं। मैं यहां अपनी मां के साथ रहता हूं। अंदर आओ।’ उसने मेरा हाथ पकड़ा और मुझे फाटक से ले गया। एक ग्यारह या बारह साल के बच्चे के लिहाज से उसका हाथ काफी मोटा और भारी था। आगे की सीढ़ियों और पुराने महल के दरवाजे की तरफ जाने के बजाय वह मुझे इमारत के पिछले हिस्से में ले गया, जहां एक खस्ताहाल खिड़की से फीकी सी रोशनी आ रही थी, और उसी के उजाले में मैंने देखा कि उसका चेहरा बिल्कुल तरोताजा और खुशनुमा था-एक ऐसा चेहरा जो अभी तक जिंदगी की जद्दोजहद से अनछुआ लग रहा था।

दरवाजा खटखटाने के बजाय उसने खिड़की को थपथपाया। ‘सिर्फ अजनबी ही दरवाजे पर दस्तक देते हैं,’ उसने कहा, ‘जब मैं खिड़की थपथपाता हूं, तो मेरी मां जान लेती है कि मैं ही आया हूं।’

‘तुम तो बड़े होशियार हो,’ मैंने कहा।

उसने फिर से थपथपाया, और एक तरह का ढीला-ढाला, जमीन पर लिथड़ता हुआ गाउन पहने हुए कुछ ज्यादा ही लंबी एक महिला ने

दरवाजा खोला। उस जगह, उस पर वह गाउन अजीब सा लग रहा था। रोशनी उसके पीछे से आ रही थी, और जब तक हम कमरे में दाखिल नहीं हुए, तब तक मैं उसका चेहरा नहीं देख सका। जब वह मेरी तरफ घूमी, तो मैंने देखा कि उसके चेहरे के एक तरफ लाल रंग का एक लंबा सा कटे का निशान था। इसके बावजूद उसके रंग रूप में एक अबूझ खूबसूरती थी।

'जरा चाय तो बनाओ, मां,' लड़के ने कुछ बेरुखी से कहा, 'और कुछ खाने को भी देना। मुझे भूख लगी है। सर, क्या आप कुछ लेंगे?' उसने मेरी ओर सवालिया निगाहों से देखते हुए कहा। मिट्टी के तेल की ढिबरी की रोशनी उसके चेहरे पर पड़ी। बड़ी-बड़ी आंखें, भारी से होठ, मुंह पर मुस्कुराहट; सिर्फ उसकी आवाज इतनी कम उम्र के बच्चे के लिहाज से कुछ ज्यादा ही बड़ों जैसी लग रही थी। और वह बातें भी बड़ों जैसी करता था, और वह भी हैरान कर देने वाली नफासत के साथ।

'बैठ जाइये, सर।' वह मुझे एक कुर्सी तक ले गया। मुझे आराम से बैठाया। 'आप ज्यादा तो नहीं भीगे हैं न?'

'नहीं, बारिश बहुत तेज होने से पहले ही मुझे बारिश से बचने की जगह मिल गयी थी। लेकिन तुम भीगे हुए हो, बेहतर होगा कि तुम कपड़े बदल लो।'

'मुझे कोई दिक्कत नहीं है।' और कुछ पल ठहरने के बाद बोला, 'माफ कीजिएगा, बिजली नहीं है। बरसों से बिलों का भुग. तान नहीं किया गया है।'

'क्या यह जगह तुम लोगों की है?'

'नहीं, हम सिर्फ यहां देखरेख के लिए हैं। आप कह सकते हैं कि गरीब रिश्तेदार हैं। इस महल को लेकर कई साल से झगड़े चल रहे हैं।

राजा और उनके भाई इसे लेकर लड़ते रहते हैं और इस बीच यह धीरे-धीरे ढहता जा रहा है। वकीलों की मौज है। मुझे लगता है कि मुझे इसी की पढ़ाई करनी चाहिए और वकील बनना चाहिए।'

'क्या तुम स्कूल जाते हो?'

'कभी-कभी।'

'तुम्हारी उम्र क्या है?'

'काफी है, मुझे ठीक से पता नहीं है। 'मां, मैं कितने साल का हूं?' जब लंबी औरत चाय के प्याले और बिस्कुट से भरी तश्तरी लेकर लौटी तो उसने पूछा।

वह झिझकी, उसे हैरानी भरी नजरों से देखा। 'तुम्हें नहीं पता क्या? तुम्हारे प्रमाणपत्र पर लिखी है।'

'मुझसे प्रमाणपत्र खो गया है।'

'नहीं, मैंने उसे संभाल कर रखा है।' उसने उसकी ओर गौर से देखा, उसके कंधे पर हाथ रखा, फिर मेरी ओर देखकर बात को खत्म करते हुए कहा, 'यह बारह साल का है।'

हमने अपनी चाय खत्म की। अभी भी बारिश हो रही थी।

'सारी रात बारिश होगी,' लड़के ने कहा, 'आप यहीं ठहरते तो ठीक रहता।'

'इससे तुम लोगों को दिक्कत होगी।'

'नहीं, ऐसा नहीं है। कई कमरे हैं। अंधेरे की परवाह न हो तो। आइये, मैं आपको सब कुछ दिखाऊंगा। और इस बीच मेरी मां रात के खाने के लिए कुछ बना लेगी। बहुत सादा सा खाना, मुझे उम्मीद है कि आप बुरा नहीं मानेंगे।'

लड़का मुझे पुराने महल में हर ओर ले गया, अगर आप उसे अभी भी महल कहना चाहें तो। उसने एक शमादान में लगी बड़ी सी मोमबत्ती की रोशनी में मुझे आगे-आगे चलकर रास्ता दिखाया और मोमबत्ती की रोशनी में हमारे बड़े-बड़े साये दीवारों पर बनते-बिगड़ते रहे।

जब वह मुझे एक बैठक वाले कमरे में ले गया जहां बेहद सजावटी मेज-कुर्सी और दूसरी तमाम सारी यहां-वहां की चीजें भरी पड़ी थीं, तो मैंने पूछा, 'तुम्हारा नाम क्या है?'

'भीम,' उसने कहा, 'लेकिन सब मुझे लकी कहते हैं।'

'और क्या तुम लकी यानी खुशकिस्मत हो?'

उसने कंधे उचकाये, और बोला- 'पता नहीं...' फिर वह मुझे देखते हुए मुस्कुराया।

'शायद तुम्हारे आने से ही मेरी किस्मत खुल जाये।'

हम कमरे में आगे चले गये। बड़े-बड़े तैलचित्र दीवारों पर लटके हुए थे, और उन पर फफूंद लग रही थी। कुछ गुजरे जमाने के राजघरानों के लोगों, राजाओं और रानियों के चित्र थे, जो सजावटी ताज-टोप, अजीब से कपड़े-पोषाक पहने हुए थे, गहनों से लदी महिलाएं - कपड़े कम और गहने ज्यादा, और कभी-कभी उनके साथ बच्चे भी होते थे जो ऐसे लगते थे जैसे कपड़ों के बोझ तले दबे जा रहे हों। एक जवान की सिंहासन पर बैठे हुए तस्वीर थी जिसमें उसके होंठ एक कर्कश सी मुस्कान से ऐंठे जा रहे थे।

'मेरे नाना,' भीम ने कहा।

वह मुझे एक बड़े से सोने के कमरे में ले गया जहां चार-पाये के एक बड़े से पलंग ने काफी जगह घेर रखी थी जिसपर शायद कई शाही जोड़े सोये होंगे। लेकिन उसमें एक अजीब सा ठंडापन था और उस पर सोने का मन नहीं कर रहा था। फिर भीम ने एक अलमारी से एक बड़ी सी रजाई निकाली और मुझे भरोसा दिलाया कि गर्माहट के साथ वह काफी आरामदेह भी होगी, क्योंकि वह उसके नानाजी की थी।

'और तुम्हारे नानाजी की मौत कब हुई?' मैंने पूछा।

'अरे, पचास-साठ साल हो गए होंगे।'

'मुझे लगता है, इसी बिस्तर में।'

'नहीं, शिकार के दौरान गलती से उन्हें गोली मार दी गयी थी। इसे एक हादसा बताया गया। लेकिन उनके कई दुश्मन थे।'

'राजाओं के दुश्मन होते हैं... और यह शाही पलंग था!'

मुझे देखते हुए उसने शरारत भरी मुस्कान बिखेरी; जिसमें मासूमियत नाम की चीज नहीं थी। 'कई औरतें इसमें सोई थीं। उनकी कई रानियां थीं।'

'और रखैल।'

'रखैल कौन होती हैं?'

'ऐसी रानियां जिनके साथ गुपचुप ढंग से रहा जाता था, खुल्लम-खुल्ला नहीं।'

'हां, वो भी।'

तो ऐसा था दुनियादारी खूब समझने वाला बारह साल का वह लड़का।

5

बिल्ली की आँखें

सूरज की किरणें जब उसकी आंखों पर पड़तीं तो उसकी आँखे एकदम सुनहरी लगती थीं लेकिन जैसे ही सूरज पहाड़ों के पीछे छिपता और आकाश में एक गहरा लाल घाव-सा खींचता तब आँखों में सुनहरा. पन न होकर कुछ अलग सा दिखाई देता था। उसकी आंखों में भयंकर क्रोध उतर आया था; क्योंकि उसकी टीचर ने उस पर कुछ फब्तियां कस दी थी, जिसके कारण वह बहुत गुस्से में थी।

सप्ताह भर से उसका अपमान किया जा रहा था और उसपर ताने कसे जा रहे थे, इसी वजह से उसकी आँखों में क्रोध से खून उतर आया था।

किरण अपनी कक्षा की अधिकांश लड़कियों की तुलना में सबसे गरीब थी। वह ट्यूशन नहीं ले सकती थी जो कि पास होने और अगली कक्षा में जाने के लिए लगभग जरूरी था। उसकी मैडम ने उससे कहा, 'तुम्हें नौवीं कक्षा में एक साल और बिताना होगा।' और यदि तुम्हें यह पसंद नहीं है, तो तुम कोई दूसरा स्कूल ढूंढ सकती हो- एक ऐसा स्कूल जहां तुम फटी कमीज और चुन्नी पहन कर जाओगी या तुम्हारे जूते फटे होंगे तो भी स्कूल वालों को कोई फर्क नहीं पड़ेगा। ऐसा कहने के बाद मैडम ने अपने बड़े-बड़े दांत दिखाते और मुस्कराते हुए ऐसा जता रही थीं कि उसे समझा रही हैं। वह स्कूल उस मैडम का निजी संस्थान था और उसमें पढ़ने वाली लड़कियों के लिए, उनकी चाटुकारिता करना, सिलेबस का हिस्सा जैसा।

स्कूल से घर जाते समय, रास्ते में उसके साथ उसकी दो सहेलियां थीं, जो उस गमगीन माहौल में किरण का साथ दे रही थीं।

आरती ने कहा, 'मैडम बहुत ही पुराने विचारों की हैं। उन्हें सिर्फ अपनी पड़ी रहती है?'

सुनीता ने कहा, 'उनकी हँसी मुझे किसी गधे की याद दिलाती है,' मैडम के बारे में सुनीता की बात ज्यादा सही थी।

लेकिन किरण उन दोनों की बातें नहीं सुन रही थी। उसकी नजर दूर किसी बिंदु पर टिकी हुई थी, जहां चीड़ के पेड़ रात के आसमान तले एक छायाचित्र बना रहे थे, हर पल उजाला सा हो रहा था। चंद्रमा उग रहा था और वह रात पूर्णिमा की रात थी, उस रात का चांद, किरण के लिए बहुत खास था, जिसने उसके खून में झुरझुरी पैदा कर दी थी। उसकी त्वचा में चुभन, बालों में चमक और उसके दिल में चिंगारी सी फूट रही थी। उसके कदम हल्के होते जा रहे थे, जैसे-जैसे वह पहाड़ के रास्ते पर धीरे-धीरे चल रही थी, उसके शरीर का अंग-अंग और ज्यादा ताकतवर होता जा रहा था।

रास्ते में एक दो-रस्ता आने पर वह अचानक से अपनी सहेलियों से अलग हो गई। 'मैं जंगल के रास्ते शॉर्टकट जा रही हूं,' उसने कहा।

सहेलियां उसकी इस तरह की अचानक पैदा होने वाली सनक की आदी थीं। वो जानती थीं कि उसे अंधेरे में अकेले रहने से डर नहीं लग. ता। लेकिन किरण के मिजाज से वो थोड़ा नर्वस हो गईं। हाथ पकड़कर वे दोनों खुली सड़क पर अपने घर की ओर चल पड़ीं।

वह शॉर्टकट रास्ता किरण को अंधेरे और घने शाहबलूत के जंगल में ले गया। पूरे रास्ते में शाहबलूत की टेढ़ी-मेढ़ी, बीमार सी शाखाओं की तुड़ी-मुड़ी छाया फैली हुई थी। एक सियार, चन्द्रमा को देख कर चिल्लाया; छप्पा पक्षी भी चहचहाए, और उसकी सांसें छोटी और तेज हो गई और वह हांफने लगी। जब वह गांव के बाहरी इलाके में अपने घर पहुंची तो पहाड़ियां तेज चांदनी में नहा चुकी थीं। रात के खाने से इंकार करते हुए वह सीधे अपने छोटे से कमरे में चली गई और खिड़की खोलकर बाहर निकल गई। चांदनी खिड़की पर और उसकी भुजाओं

पर, जो पहले से ही सुनहरे बालों से ढकी हुई थीं, तैरने लगी। उसके मजबूत नाखूनों ने खिड़की की गली-सड़ी लकड़ी को काट डाला था।

उसकी पूंछ फड़क रही थी और उसके कानों में छेड़ थे, कस्बे में रहने वाला तेंदुआ तेजी से खिड़की से बाहर आया, उसने घर के पीछे खुले मैदान को पार किया, और उसका शरीर, छाया में बदल गया।

थोड़ी देर बाद वह चुपचाप जंगल में चला गया।

हालाँकि उस टिन की छत वाले शहर में चांद चमकता दिखाई दे रहा था, तेंदुआ जानता था कि छाया कहां पर सबसे घनी है और वह उनमें बड़ी आसानी से विलीन हो गया। कभी-कभार सांस लेने से, उसे थोड़ी सी कर्कश खांसी हुई, और वह एकमात्र ऐसी आवाज थी जो उसने पैदा की।

मैडम, 'किटन क्लब' नाम की एक लेडीज़ क्लब में डिनर करके लौट रही थीं, उनके पति उस क्लब से जुड़े थे इसलिए वे उनकी पत्नी होने के नाते वहां की मेहमान हो सकती थीं। गली में अभी भी कुछ लोग थे, लेकिन किसी ने भी मैडम पर ध्यान नहीं दिया, जबकि वह भारी-भरकम डील-डौल वाली महिला थीं।

किसी ने भी शिकारी तेंदुए को नहीं देखा न ही सुना। वह अब गली से निकल कर मैडम के घर की सीढ़ियों पर पहुंच गया था। वह चुपचाप वहीं बैठकर एक आज्ञाकारी स्कूली छात्रा की तरह पूरे धैर्य से इन्तिज़ार करता रहा।

जब मैडम ने अपनी सीढ़ियों पर तेंदुए को देखा तो उनके हाथ से हैंडबैग गिर गया और उन्होंने चीखने के लिए अपना मुंह खोला; लेकिन उनकी आवाज नहीं निकल पा रही थी। अब न तो उनकी जीभ फिर कभी चिकन बिरयानी का स्वाद ले पाएगी और न ही अपने विद्यार्थियों का तिरस्कार करने के लिए इस्तेमाल की जाएगी, क्योंकि तेंदुए ने उनके गले पर झपट्टा मारा था, उनकी गर्दन तोड़ दी थी, और उन्हें खींच कर झाड़ियों में घसीट लिया था।

सुबह जब आरती और सुनीता स्कूल के लिए निकलीं तो वे हमेशा की तरह किरण को बुलाने के लिए उसकी झोंपड़ी में गईं।

किरण धूप में बैठी अपने लंबे काले बालों में कंघी कर रही थी।

'किरण, तुम आज स्कूल नहीं चल रही हो?' लड़कियों ने पूछा।

'नहीं, मेरा आज स्कूल जाने को मन नही,' किरण ने कहा। वह थकान महसूस कर रही थी, लेकिन संतुष्ट बिल्ली की तरह वह खुद पर खुश थी।

'मैडम को बुरा लगेगा,' आरती ने कहा, 'क्या हम उन्हें बताएं कि तुम बीमार हो?'

'नहीं तुम्हें मेरे बारे में कुछ भी बताने की जरूरत नहीं पड़ेगी,' किरण ने उनपर एक रहस्यमय मुस्कान डालते हुए कहा, 'मुझे यकीन है कि आज स्कूल की छुट्टी होने वाली है।'

6

सात पतियों की पत्नी, सुजाना

स्थानीय लोगों में, यह मकबरा 'सात शादियाँ करने वाली की कब्र' के रूप में मशहूर था।

यदि आप सोच रहे हैं कि यह ब्लूबीयर्ड की कब्र है तो आप गलत हैं। ब्लूबीयर्ड बदले की भावना से कई पत्नियों की हत्या करने के लिए कुख्यात था। क्योंकि उसकी पत्नियों ने एक बंद कमरे के बारे में पूछने की अनुचित जिज्ञासा दिखायी थी। मगर यह सुजाना अन्ना-मारिया येट्स का मकबरा था, जिसके शिलालेख (अधिकांशतः लैटिन में) में यह लिखा था कि इस मकबरे को श्रद्धांजलि स्वरूप उन लोगों बनवाया है जो अन्ना-मारिया के शुक्रगुज़ार थे। उससे मदद पाने वालों में कई स्कूल, अनाथालय और सड़क के उस पार के चर्च शामिल थे। आस-पास किसी दूसरी कब्र का कोई नामों-निशान नहीं था और संभवतः उसके पतियों को दिल्ली रिज के नीचे पुराने राजपुर कब्रिस्तान में दफनाया गया था।

पहली बार जब मैंने उस विशाल और सुन्दर हवेली के खंडहर को देखा तो मैं अपने किशोरावस्था में था। सुनसान और खामोश खंडहर, जिसके सुंदर रास्ते मातम से भरे हुए थे, जिसकी फूलों की क्यारियाँ, कंटीले जंगल के उग आने से गायब हो गई थीं। ग्रैंड ट्रंक रोड के उस पार, दो मंजिला मकान दिखाई दे रहा था- डरावना, रहस्य में लिपटा हुआ। अब वहाँ कोई नहीं रहता। उसे लोग बुरी आत्माओं का डेरा कहते थे।

गेट के बाहर ग्रांड ट्रंक रोड पर हजारों वाहन और कारें गुजरतीं- लेकिन कम ही लोगों ने मुख्य सड़क पर आम, नीम और पीपल के पेड़ों में छिपी उस हवेली या उसके मकबरे को देखा। एक पुराना और

विशाल पीपल का पेड़ घर के खंडहरों से फोड़ कर निकल आया था। उस घर का इस तरह से गला घोंट दिया गया था जैसे इसकी मालकिन के बारे में कहा जाता है कि उसने अपने फालतू हो चुके प्रेमियों का गला घोंट दिया था।

कई शादियाँ करने वाली औरत की, जिसकी अपने पतियों को निपटा देने की एक विचित्र आदत थी। जब भी वह अपने पति से बोर हो जाती तो वह खतरनाक औरत उनका ठिकाना अपने सुनसान बगीचे में बना देती। मैंने उस मकबरे की पड़ताल की, खंडहरों को देखा। घास-पात के जंगल और ऊंचे गुलाब की झाड़ियों पर हाथों के सहारे जल्दी-जल्दी ऊपर चढ़ने की कोशिश की थी। लेकिन उस रहस्यमयी स्त्री की आत्मा से मेरी मुलाकात नहीं हो पायी। शायद उस समय मैं इतना शुद्ध और निर्दोष रहा होऊँगा कि दुष्ट आत्माओं के निशाने पर नहीं आ सकता था। अगर उसके बारे में कही जाने वाली कहानियाँ वाकई सच्ची हैं तो वह काफी ख़तरनाक रही होगी। सुजाना की नष्ट हो चुकी हवेली के गुम्बदों में उसका खजाना दबे हुए होने की अफवाहें भी थीं।

लेकिन किसी ने भी वहां जाने की हिम्मत नहीं की। कहा जाता था कि तिजोरी पर एक कोबरा, जिसे दबे हुए खजाने का पारंपरिक संरक्षक माना जाता है, रहता है। क्या उस स्त्री के पास बहुत सारी संपत्ति थी और क्या खजाना वहाँ अब भी दबा हुआ है? मैंने ये सारे सवाल फर्नीचर बनाने वाले नौशाद से पूछे, जो पूरा जीवन यहीं सुजाना के पड़ोस में रहा था। उसके पिता ने सुजाना के यहाँ फर्नीचर और फिटिंग करने के साथ-साथ पुरानी दिल्ली के कई बड़े घरों को बनाया था।

लेडी सुजाना, जैसा कि उसके बारे में प्रसिद्ध था वह कंजूस औरत नहीं थी। उसने पूरी स्वक्षंदता से अपने इस शाही घर पर राज किया। उसके पास कई घोड़े और गाड़ियां थीं। हर शाम जब वह रोशनारा गार्डन से होकर गुजरती तो सभी की निगाहों के आकर्षण का केंद्र होती थी, क्योंकि वह अमीर होने के साथ सुन्दर भी थी। हाँ, सभी पुरुष उसकी तारीफ पाने की इच्छा करते। सुजाना उन्हें हतोत्साहित नहीं करती थी।

इनमें से कुछ पुरुषों को समय के लिए उसका अनुग्रह मिला, लेकिन जल्द ही वह उनसे थक गई। उसके पतियों में से किसी ने भी बहुत दिनों तक उसकी संपत्ति का आनंद नहीं उठाया!

'आज उन खंडहरों में कोई नहीं जाता, जहां कभी हँसी-मजाक हुआ करता था। वह जमींदार औरत-काफी ज़मीनों की मालकिन। अपनी संपत्ति पर अपने मजबूत हाथों से शासन किया था। वह उन लोगों के प्रति उदार थी जो लगान समय पर देने की कोशिश करते, भले ही पूरी न दे पाते हों, लेकिन जो बिलकुल नहीं दे पाते थे, उनके प्रति निर्दयी थी।

'उसे गए हुए पचास साल से अधिक समय बीत चुका है, लेकिन फिर भी लोग उसके बारे में हैरानी से बातें करते हैं। उसकी आत्मा बेचैन लगती और नौशाद ने मुझे बताया कि अक्सर वह अपने पुरानी विलासिता की जगहों पर घूमा करती है।

उसे इस गेट से गुजरते, बगीचे में घूमते और राजपुर रोड के नीचे अपने फिटन चलाते हुए देखा गया है।

और उसके उन पतियों का क्या हुआ? मैंने पूछा।

उनमें से कई रहस्यमयी रूप से मर गए। यहाँ तक कि डॉक्टर भी उनकी मौत से हैरान थे। टॉमकिन्स साहब काफी शराब पीते थे, वह उनके जल्द ही परेशान हो गई थी। शराबी पति, एक किस्म का बोझ होता है, उसे ऐसा कहते हुए सुना जाता था। शराब पीकर आखिर में वह खुद को मौत के घाट उतार देता, मगर अधीर स्त्री होने की वजह से वह अपने पति को बदलने के लिए उत्सुक हो उठती थी। आपने मैदान में धतूरे की झाड़ियों को बेतरतीब उगते हुए देखा है? सुजाना ने उसका अच्छी तरह इस्तेमाल किया।

'विषैला धतूरा!' मैंने कहा।

'हाँ, वही हुजूर। व्हिस्की-सोडा में डाल कर उसने अपने पति को हमेशा के लिए सुला दिया।'

हुजूर, वो काफी भली महिला थी, किसी को कष्ट में नहीं देख सकती थी।

'एक साहब थे, उनका नाम मैं नहीं जानता, घर के पीछे वाले उस तालाब में डूब गए, जहां नीलकमल उगते थे। लेकिन उसने यह पक्का कर लिया था कि गिरने से पहले वह लगभग आधा मर चुका था। सुजाना के बहुत बड़े, मजबूत हाथ थे,' नौशाद ने कहा।

'उसने उनसे शादी करने की जहमत ही क्यों उठाई? क्या उसके सिर्फ पुरुष मित्र नहीं हो सकते थे?'

'उन दिनों ऐसा होना आसान नहीं था, हुजूर। हमारा सम्मानित समाज इसे बर्दाश्त नहीं करता। उस समय न ही भारत में और न पश्चिम के समाज में इसकी अनुमति दी जाती होगी?'

'वह गलत समय पर पैदा हुई थी,' मैंने कहा।

'वाकई, सर। और इस बात पर गौर कीजिए कि वे व्यक्ति खासकर ऐसे थे जिन्होंने धन के चक्कर में उससे विवाह किया था।'

इसलिए, हमें उन व्यक्तियों पर बहुत अधिक दया करने की जरूरत नहीं है!

'उसने कुछ बर्बाद नहीं किया।'

'वह निर्दयी थी। खासकर उस समय जब उसे पता चल गया था कि वे वास्तव में क्या चाहते थे।'

'दूसरा पति इस दुनिया से कैसे विदा हुआ?'

'कर्नल साहब को राइफल साफ करते हुए गोली लग गई। वह तो पूरी तरह से एक दुर्घटना थी सर। हालांकि कुछ लोगों का कहना है कि उनकी जानकारी के बिना उनकी बंदूक लोड की गई थी। तब तक सुजाना की ख्याति ऐसी हो गई थी कि यदि वह निर्दोष भी होती तो भी उस पर शक किया जाता। लेकिन उसने मुसीबत से बाहर निकलने का रास्ता खरीद लिया था। और उसके लिए पैसे के दम पर ऐसा करना कोई मुश्किल नहीं था।

'और उसका चौथा पति?'

'अरे, उसकी मृत्यु तो स्वाभाविक मृत्यु थी। उस साल हैजा की महामारी फैली हुई थी, और वह हैजा से मर गया था। हालाँकि, फिर

कुछ लोग यह कह रहे थे आर्सेनिक की ज्यादा खुराक ने हैजा जैसे लक्षण पैदा किए गए थे! वैसे भी डेथ सर्टिफिकेट पर हैजा लिखा था और जिस डॉक्टर ने डेथ सर्टिफिकेट पर हस्ताक्षर किया था वह सुजाना से शादी करने वाला अगला व्यक्ति था।'

'डॉक्टर होने के नाते वो ज्यादा सावधान रहे होंगे कि क्या खा-पी रहे हैं।'

'उनकी शादी लगभग एक साल चली।'

'क्या हुआ था?'

'उन्हें कोबरा ने काट लिया था।'

'अच्छा, यह सिर्फ उसका दुर्भाग्य था, है ना? तुम शायद ही इसके लिए सुज़ाना पर दोषी ठहरा सकते हो।'

नहीं, हुजूर, लेकिन कोबरा उसके शयनकक्ष में था। वह बिस्तर पर कुंडली मारे हुए मिला था। और, जब उसने रात को सोने के लिए कपड़े उतारे, तब उसने उसे काट लिया! एक घंटे बाद जब सुजाना बेडरूम में आई तो उनकी मौत हो चुकी थी। सांप उसके नजदीक ही था मगर सांप ने सुजाना को कोई नुकसान नहीं पहुंचाया और न ही उस पर हमला किया।

और, उन दिनों कोई विष-निरोधक दवाई नहीं होती थी। डॉक्टर के बाद उसका छठा पति कौन था?

'एक खूबसूरत आदमी। नील उगाने वाला। नील का व्यापार खत्म होने से वह दिवालिया हो गया था। वह उस अच्छी स्त्री की मदद से अपने भाग्य को दुरुस्त करने की उम्मीद कर रहा था। लेकिन हमारी सुजाना मेमसाहिब, वह अपने भाग्य को किसी के साथ साझा करने में विश्वास नहीं करती थी।'

'उसने नील बोने वाले से मुक्ति कैसे पायी?'

'ऐसा कहा जाता था कि उसने उसे कोई स्ट्रांग ड्रिंक पिलायी, और जब वह असहाय हो गया तब उसने उसके कानों में पिघला हुआ सीसा डाल दिया। सड़क पर हम सभी ने उसकी सहायता की थी।'

'दर्दहीन मौत,' मैंने कहा।

'लेकिन उसे भयानक कीमत चुकानी पड़ी, हुजूर, सिर्फ इसलिए कि अब उसे किसी की जरूरत नहीं थी...?'

हम धूल भरे राजमार्ग पर शाम की हवा का आनंद लेते हुए चल रहे थे, कुछ देर बाद हम दिल्ली के सबसे लोकप्रिय और फैशनेबल मिलन स्थल रोशनारा गार्डन पहुँच गए।

'तुमने मुझे बताया कि उसके छह पतियों की मृत्यु कैसे हुई नौशाद। मुझे लगा कि उसके सात पति थे?'

'हाँ, सातवां पति एक बहादुर युवा मजिस्ट्रेट था, जो यहीं पर मर गया था, सर। वो अंधेरे में पार्क से गुजर रहे थे कि लुटेरों ने उस औरत की गाड़ी पर हमला कर दिया। अपनी पत्नी को बचाते हुए उसका पति तलवार के खतरनाक प्रहार से जख्मी हो गया था।'

'इसमें उस स्त्री की तो कोई गलती नहीं थी, नौशाद।'

'नहीं हुजूर। लेकिन इस बात पर ध्यान देना चाहिए कि वह एक मजिस्ट्रेट था, और उसपर हमला करने वाला उस अपराधी का एक रिश्तेदार था जिसे उन्होंने अदालत में दोषी ठहराया था। हालांकि अजीब था कि उन दो व्यक्तियों को सुजाना ने बाद में अपने यहाँ नौकरी दे दी। अब आप खुद सोच सकते हैं।'

'और, क्या सुजाना के अन्य पति भी थे?'

'पति तो नहीं। लेकिन एक साहसी, जाँबाज सैनिक उसके जीवन में आया। लोग कहते हैं उसे सुजाना का खजाना मिल गया था और उसे उस खजाने के साथ उजड़े हुए घर के तहखानों में दफना दिया गया था। उसकी हड्डियाँ सोने और चाँदी और अन्य कीमती रत्नों के बीच वहाँ बिखरी हुई पड़ी हैं। कोबरा अभी भी उनकी रक्षा करता है! लेकिन उसकी मृत्यु कैसे हुई, यह एक रहस्य था, और आज तक बना हुआ है!

'और सुजाना! उसे क्या हुआ?'

'वह काफी बुजुर्ग हो गई थी। अपने अपराधों के लिए उसे इस जन्म में किसी तरह की कोई सजा नहीं भुगतनी पड़ी! उसकी कोई संतान नहीं थी, मगर उसने एक अनाथालय शुरू किया और गरीबों और विधवा आश्रम समेत कई स्कूलों और संस्थानों को उदारता से पैसा दिया। नींद के दौरान शांति से उसकी मृत्यु हो गई।'

'सुखी विधवा' मैंने टिप्पणी की, 'ब्लैक विडो स्पाइडर!'

सुजाना के मकबरे की तलाश में मत जाइएगा, वह कुछ साल पहले गायब हो गया था उसके साथ ही उसकी हवेली के खंडहर भी गायब हो गए थे। उस जगह पर एक नई खूबसूरत हाउसिंग एस्टेट बन गई थी, जहां काम करते समय कई कामगारों और एक ठेकेदार की सांप के काटने से मृत्यु हो गई! कभी-कभी वहाँ के निवासियों, खासकर गाड़ी चलाने वाले अकेले पुरुषों को संकेत देकर किसी भूत द्वारा रोक लिया जाता है, विशेष रूप से अविवाहित पुरुषों को। वहाँ पर एक या दो आदमी रहस्यमय तरीके से गायब भी हुए हैं।

और शाम होने पर, पुराने जमाने के एक घोड़े और गाड़ी को कभी-कभी रोशन आरा गार्डन से गुजरते हुए देखा जा सकता है। अगर आपको यह देखने का मौका मिले तो इसे नजरअंदाज कर देना, मेरे दोस्त। जाली के पर्दे के पीछे से देखकर मुस्कुराती किसी खूबसूरत गोरी स्त्री के किसी सवाल का जवाब देने के लिए रुक मत जाना। अभी भी वह अपने आखिरी शिकार की तलाश में है।

7
अंधेरे में फुसफुसाहट

वह बेहद तूफानी रात थी। हवा में दहशत थी, पेड़ों की शाखाएं उन्माद में आपस में टकरा-टकरा कर कोड़ों की तरह एक-दूसरे पर बरश रही थीं, सड़क पर जोरों की बरसात हो रही थी। पहाड़ों पर बिजलियां चमक रही थीं। मेरा अकेलापन कुछ ज्यादा ही बढ़ने लगा था। शारीरिक रूप से तो मैं अकेला ही था अब मन को भी अकेलापन सताने लगा था। घाटी से आने वाली घनघोर सफेद धुंध ने जैसे पूरी दुनिया को गीले आवरण से ढ़क लिया था।

उस रात मैं जंगल को टटोलने की कोशिश कर रहा था। अपने दिमाग के संचित कोष में से एक पहाड़ी रास्ते को याद करने की कोशिश कर रहा था। रास्ते में आने वाली चट्टानों और बहुत पुराने देवदार के वृक्षों को याद करने की मशक्त कर रहा था कि बिजली कड़कने से पल भर के लिए होने वाली नीली रोशनी में मुझे एक बंजर पहाड़ी और धुंध में डूबे एक घर की झलक दिखाई दी।

वह पुराने जमाने का घर था, जो ढहते हुए हिल स्टेशन के बाहरी इलाके में चूना-पत्थर की चट्टानों से बना था। उसकी खिड़कियों में रोशनी नहीं थी; शायद उस घर की बिजली बहुत पहले काट दी गई थी। लेकिन मैं सोच रहा था, यदि किसी तरह भी, मैं उस घर के अंदर जा पाऊं, तो इस रात मैं यहीं ठहर जाऊं, फिलहाल मेरे लिए यही बहुत था।

मेरे पास कोई टॉर्च नहीं थी, लेकिन कभी-कभी चन्द्रमा, जंगल के बादलों से रोशनी बिखेर रहा था और पेड़ पुराने दैत्यों की तरह धुंध से बाहर निकलते दिखाई दे रहे थे। मैं उस घर के सामने वाले दरवाजे पर

पहुंचा तब मैंने देखा कि वह अंदर से बंद था। फिर मैं घर के किनारे की ओर गया और एक खिड़की का शीशा तोड़ दिया, टूटे हुए कांच से अपना हाथ अंदर किया तो पाया कि अंदर से खिड़की की कुंडी बंद थी।

खिड़की सौ से ज्यादा मानसूनों को झेल चुकी थी, इस कदर जाम हो चुकी थी कि लग रहा था अब यह खुल नहीं पाएगी। लेकिन थोड़ी सी मशक्कत करने पर वह खुल गई, और मैं फफूँद लगे हुए काफी समय से बंद कमरे में घुस गया और मेरे साथ खिड़की से कमरे में हवा भी चली आई जिससे मेज पर रखे कागज और कुछ चीजें, जिन्हें मैं पहचान नहीं पाया, फर्श पर बिखर गए थे। मैंने खिड़की को बंद किया और उसकी कुंडी लगा दी, लेकिन खिड़की के टूटे हुए कांच से धीरे-धीरे धुंध अंदर की तरफ सरक कर आती रही और उसके साथ हवा खड़ताल के जोड़े की तरह खड़खड़ाती रही।

मेरी जेब में एक माचिस की डिब्बी थी। तीन बार रगड़ने के बाद माचिस की तिल्ली जली तब जाकर थोड़ी रोशनी हुई।

यह फर्नीचर से ठसाठस भरा हुआ एक बड़ा कमरा था। दीवारों पर चित्र टंगे हुए थे, मैन्टल्पीस पर फूलदान थे। एक मोमबत्ती स्टैंड रखा हुआ था। हैरानी की बात यह थी, कि कमरे में कोई मकड़ी का जाला नहीं था। महल बाहर से जीर्ण-शीर्ण था और चारों ओर का माहौल उजड़ा-उजड़ा सा था, लेकिन कोई-न-कोई घर के भीतरी हिस्से की देखभाल जरूर कर रहा था। इससे पहले कि मैं कुछ और देख पाता, माचिस की तिल्ली जलकर खाक हो गई।

जैसे ही मैं कमरे में आगे बढ़ा, पुराने देवदार से बना फर्श, मेरे वजन से चरमरा गया। एक और माचिस की तिल्ली की रोशनी से मैं मैन्टल्पीस तक पहुंचा और वहां स्टैंड पर रखी हुई मोमबत्ती जलाई और देखा मोमबत्ती का स्टैंड, कट ग्लास से बनी एक बहुत ही सुंदर प्राचीन कलाकृति थी। वह अच्छे फर्नीचर और कांच की चीजों से सजी सुनसान कॉटेज थी। मुझे इस बात पर हैरानी थी कि यह कॉटेज अब तक इतनी सुरक्षित कैसे रही, इसकी काँच से बनी खिड़कियाँ अब तक टूटने से

कैसे बच गईं! फिर मुझे एहसास हुआ मैंने अभी-अभी ऐसा किया है, इस कमरे की खिड़की का कांच को तोड़ा डाला है।

मैंने मोमबत्ती को ऊंचा रखा और कमरे के चारों ओर नजर दौड़ाई। दीवारों पर बहुत से जल रंग चित्रों के साथ-साथ कई तैल चित्र भी टंगे थे, उन पर धूल-मिटटी का नामों-निशान तक नहीं था। लेकिन किसी ने मेरी आवाज का जवाब नहीं दिया, किसी ने मेरे झिझकते कदमों को नोटिस नहीं किया। ऐसा लग रहा था जैसे घर के लोग कहीं आस-पास ही छिपे हुए थे, वे मुझे अंधेरे कोनों और चिमनियों से देख रहे थे।

जब मैं कमरे से निकल कर एक बेडरूम में गया तो अपने आप को एक बड़े से आदमकद आईने के सामने खड़ा पाया। जब मैंने आईने में देखा तो मुझे मेरा चेहरा किसी अजनबी जैसा दिखाई दिया, लगा कि मैं इसी घर का निवासी हूं कोई बाहरी व्यक्ति नहीं, जबकि मैं तो सिर्फ एक बाहरी व्यक्ति था।

जैसे ही मैं आईने से हटा, मुझे लगा कि मेरे पीछे कोई है और आईने में उस का प्रतिबिंब दिखाई दे रहा है जब मैं मुड़ा तो वह आईने के पीछे चला गया। मुझे एक सफेद झलक दिखाई दी, एक पीला अंडाकार चेहरा, जलती हुई आँखे, लंबे बाल, जो मोमबत्ती की रोशनी में सुनहरे रंग के दिखाई दे रहे थे। लेकिन जब मैंने फिर से आईने में देखा तो उसमें मेरे खुद के फीके से चेहरे के अलावा और कुछ नहीं दिख रहा था।

मेरे पैरों के तले पानी का डबरा बन रहा था। मैंने मोमबत्ती को एक छोटी सी मेज पर रखा, बेड के किनारे पर बहुत पुराने चार पोस्टरों की तह रखी हुई थी, मैंने अपने गीले जूते और मोजे उतार दिए। फिर मैंने अपने कपड़े उतारे और उन्हें एक कुर्सी के पीछे लटका दिया।

मैं अंधेरे में नंगा खड़ा था, और थोड़ा कांप रहा था। वहां पर मुझे देखने वाला कोई नहीं था फिर भी मुझे बहुत अजीब महसूस हुआ। लग रहा था जैसे कि मैंने अजीब लोगों से भरे कमरे में कपड़े उतार दिए हों।

मैंने बेडशीट ओढ़ लिया- उसमें से थोड़ी सी यूकेलिप्टस और लै. वेंडर की महक आ रही थी। वह अजीब सा लेकिन ठीक से बना हुआ बिस्तर था। परन्तु बिस्तर पर कोई तकिया नहीं था! मुझ में हिम्मत नहीं थी कि मैं उस बेडरूम में कोई तकिया तलाश करूँ, मैं बहुत थक गया था। मैंने मोमबत्ती बुझा दी और मेरे चारों ओर अंधेरा हो गया, कमरे में किसी की फुसफुसाहट आनी शुरू हो गई...।

जैसे ही मैंने अपनी आँखें बंद कीं, मुझे फुसफुसाहट फिर से सुनाई दी। मुझे पता नहीं चला कि वह कहां से आ रही थी। लेकिन वह आवाज मेरे चारों ओर थी, और वह चिमनी में हवा के झोंकों की आवाज, पुराने फर्नीचर के खींचने की आवाज और बाहर बारिश में पेड़ों के रोने की आवाज के साथ घुलमिल गई।

मुझे कुछ-कुछ समझ आ रहा था कि क्या कहा जा रहा है। शब्द दूर से आ रहे थे: और रुक-रुक कर आ रहे थे...।

'मेरा, मेरा, वह सिर्फ मेरा है...।'

'वह हमारा है, प्रिय, हमारा'

फुसफुसाते हुए, गूंजते हुए, मेरे चारों ओर चमगादड़ के पंखों के साथ मंडराते हुए शब्द, तीव्र इच्छा और ईर्ष्या जताने वाले बहुत ही महत्वहीन बातें कहने वाले शब्द थे वे। तुम्हें रात के खाने में देर हो रही है...!

'वह धुंध में रास्ता भटक गया।'

'क्या तुम्हें लगता है कि उसके पास पैसा है?' 'इस कछुए को मारने के लिए तुम्हें पहले उसके पैरों को बांधना होगा।'

'हम उसे बिस्तर से बांध सकते हैं और उसके गले में उबलता पानी डाल सकते हैं।'

'नहीं, यह तो बहुत आसान तरीका है।'

मैं उठ बैठा। फुसफुसाहट के शब्द दूर से आ रहे थे, और बेमेल थे, लेकिन यह अंतिम वाक्य, बहुत पास से आता हुआ लग रहा था और जैसे मेरी ही ओर इशारा कर रहा था।

मैंने मोमबत्ती जलाई तो आवाजें आनी बंद हो गईं। मैं उठा और कमरे के चारों ओर घूमा, मैं बेकार में उन आवाजों/फुसफुसाहटों के बारे में अंदाजा लगाने की कोशिश कर रहा था। एक बार फिर मैंने खुद को आईने के सामने देखा, अपने ही प्रतिबिंब और उस दूसरे व्यक्ति, सुनहरे बालों और चमकती आंखों वाली लड़की के प्रतिबिंब को घूर रहा था। इस बार उसने अपने हाथों में एक तकिया पकड़ रखा था। वह मेरे पीछे खड़ी थी।

मुझे याद आया कि जब मैं युवा था तो मैंने दो कुंवारी बहनों की कहानियां सुनी थी - एक लड़की बहुत सुंदर थी, और दूसरी साधरण सी दिखने वाली लड़की थी - जो अमीर, बुजुर्ग सभ्य लोगों को बहला-फुसला कर अपने बोर्डिंग हाउस में ले आती थी और रात में उनका दम घोट देती थीं। वे मौतें बहुत स्वाभाविक सी लगती थीं, और वे सालों-साल यह काम करती रहीं। फिर एक बहन की मौत हो गई, और जीवित बहन ने मृत्युशय्या पर इस बात को स्वीकार कर सच्चाई का खुलासा किया। तब भी किसी ने उस पर विश्वास नहीं किया था।

लेकिन यह घटना कई साल पहले की थी और वह घर बहुत पहले ढह गया था...।

जब मैं आईने से मुड़ा तो मेरे पीछे कोई नहीं था। मैंने फिर देखा, और प्रतिबिंब गायब हो गया था।

मैं घिसटते हुए वापस बिस्तर पर चला गया और मोमबत्ती बुझा दी। और सो गया और मैंने एक सपना देखा (या मैं जाग रहा था और सच में यह हुआ था?) कि जिस स्त्री को मैंने आईने में देखा था, वह पलंग के पास खड़ी थी, मेरे ऊपर झुकी हुई थी, और नारंगी रंग की

आग की लपटों जैसी आंखों से मेरी ओर देख रही थी। मैंने उन आंखों में लोगों को चलते देखा। मैंने खुद को देखा। और फिर उसके होंठों ने मेरा स्पर्श किया, होंठ इतने ठंडे, इतने सूखे थे कि मेरे शरीर में एक कंपकंपी दौड़ गई।

और फिर, जबकि उसका चेहरा, चेहराविहीन हो गया था केवल आँखें रह गईं, कोई और चीज थी जो मुझ पर दबाव डालती रही, कुछ नरम, कुछ भारी, और आकारहीन चीज थी जो मुझे घुटन भरे आलिंगन में घेर रही थी। मैं न तो अपना सिर घुमा सकता था और न ही अपना मुंह खोल सकता था। मैं सांस नहीं ले पा रहा था।

मैंने अपने हाथ ऊपर किए और अपने ऊपर आई हुई चीज को जोर से पकड़ लिया। और मुझे हैरानी हुई कि वह मुझसे दूर हो गई। वह सिर्फ एक तकिया था जो किसी तरह मेरे चेहरे पर गिर गया था, जब मैं एक प्रेत के चुंबन का सपना देख रहा था, तो मेरा दम घुट रहा था।

मैंने तकिये को किनारे कर दिया और अपने ऊपर चादर ओढ़ ली। मुझे फुसफुसाहट लगातार सुन रही थी, हालाँकि मैं लेटा हुआ था। मुझे मालिक का प्रतिबिंब नहीं दिखाई दिया, लेकिन अंधेरे में मुझ पर तकिया गिरा था। फिर मैंने सोचा, मैं इस यातना भरे घर में आराम करने की कोशिश जारी रखने के बजाय बाहर के तूफान का सामना कर लूँगा।

मैंने जल्दी से कपड़े पहने। मोमबत्ती लगभग बुझ चुकी थी। घर में जो कुछ भी था वह किसी और जमाने का सच था, अन्धकारमय जबकि मेरा संबंध वर्तमान और दिन के उजाले से था।

मैं उस कॉटेज से निकलने के लिए तैयार हो गया। मैंने उस अनोखे शानदार डिजाइन वाले आदमकद आईने को नजरअंदाज कर दिया। अपने हाथ में मोमबत्ती पकड़े हुए, मैं सावधानी से सामने वाले कमरे में चला गया। देखा कि दीवारों पर टंगे चित्रों में जान आ गई थी।

खास तौर पर एक चित्र ने मेरा ध्यान खींचा, और मैं पिघलती जा रही मोमबत्ती की रोशनी से उसे ध्यान से देखने के लिए उसके

बिलकुल करीब चला गया। क्या यह सिर्फ मेरी कल्पना थी, या चित्र वाली लड़की मेरे सपने वाली स्त्री थी। मुझे आईने में दिखने वाला सुंदर पीला प्रतिबिंब? क्या मैं गुजरे हुए समय को याद कर रहा था, या समय ने मुझे पकड़ लिया था? क्या यह वह समय है जो अभी बीत रहा है, या यह आप और मैं हूँ?

मैं बाहर जाने के लिए मुड़ा, मोमबत्ती ने अंतिम बार रोशनी दी और मैं कमरे को अंधेरे में छोड़ कर बाहर निकल गया। उस घबराहट को शांत करने के लिए जो मुझ पर हावी हो रही थी मैं एक पल के लिए स्थिर खड़ा रह कर अपने विचारों को केंद्रित करने की कोशिश कर रहा था तभी दरवाजे पर दस्तक हुई।

'कौन है वहाँ?' किसी ने मुझसे पूछा।

फिर एकदम से चुप्पी पसर गई और फिर, दुबारा से दस्तक हुई। इस बार एक धीमी और आग्रह से भरी हुई आवाज आई 'प्लीज मुझे अंदर आने दें, प्लीज मुझे अंदर आने दो...।

मैं एक कदम आगे बढ़ा, दरवाजे की कुंडी खोली और दरवाजा खोल दिया।

बाहर वह बारिश में खड़ी थी। पीली और धुंधली नहीं, सुंदर भी नहीं, बल्कि रक्तहीन होंठों और उभरे हुए नथुनों वाली, झुर्रियों वाली बूढ़ी चुड़ैल –लेकिन उसकी आंखें कहां गईं? बिना आंखों वाली चुड़ैल!

उसने मुझे अपनी जगह बदलने को मजबूर कर दिया। मैं खुले दरवाजे का फायदा उठाते हुए बाहर की तरफ दौड़ा और शुक्र मनाता हुआ बारिश में दौड़ने के लिए उतावला हो गया, ताकि बूंद-बूंद टपकते हुए पेड़ों के बीच घंटों खोया रहूँ, ताकि मास-मज्जा सहित मेरी देह का पोर-पोर प्रफुल्लित हो जाए।

आखिरकार भोर होते-होते, मुझे रास्ता मिल गया, मैं पक्षियों की चहचहाहट और बादलों में बिखरती सूरज की रोशनी के बीच खुश था।

यदि आज आप मुझसे पूछेंगे कि वह पुराना घर अब भी है या नहीं, तो मैं आपको कुछ नहीं बता पाऊँगा, न बता पाने का सीधा सा कारण यह है कि मुझे उस घर को दुबारा देखने की ज़रा भी इच्छा नहीं है।

8

प्रेत की प्रीत

I

वह दादाजी ही थे जिन्होंने आख़िरकार फैसला किया कि हमें दूसरे घर में रहने जाना होगा। और यह हुआ सिर्फ एक शरारती प्रेत के कारण, जिसने सभी का जीना मुहाल कर रखा था।

प्रेत आमतौर पर पीपल के पेड़ों पर रहते हैं, और वहीं पर पहले हमारे छोटे प्रेत का घर था, एक विशाल पुराने पीपल के पेड़ की शाखाओं में, जो हमारे कम्पाउंड की दीवार में उगा था और बाद में हमारे बागीचे तक फैल गया था। पेड़ का एक हिस्सा दीवार के हमारी तरफ था। और दूसरा हिस्सा बाहर सड़क की तरफ जिससे बीच सड़क तक छाया रहती थी। ऐसी जगह रहने से पूरा इलाका प्रेत की नजर में रहता था।

हमारे घर में किसी को परेशान किये बिना वह प्रेत बरसों से मजे से वहीं रह रहा था। मैं पीपल के पेड़ पर बहुत समय बिताता था, लेकिन उसने मुझे कभी तंग नहीं किया। कभी मैं घर के बड़ों से बचने के लिए वहां चला जाता था, और कभी सड़क पर आने-जाने वालों को देखने जाता था। गर्मी के दिनों में पीपल के पेड़ पर ठंडक रहा करती थी, और दिल के आकार के पत्ते हमेशा हवा में लहराते रहते थे। पत्तों के इस तरह लगातार हिलते-डुलते रहने से भी प्रेत की हरकतों का पता नहीं चलता था, जिससे मुझे वास्तव में कभी मालूम ही नहीं पड़ सका कि वह कहां बैठा है। उसने भी कभी मेरी तरफ ध्यान नहीं दिया। सड़क पर आने-जाने वालों से ही उसे कभी फुर्सत नहीं मिली।

कभी-कभी, जब कोई तांगा गुजर रहा होता था, तो वह नीचे कूद कर घोड़े को डरा देता था, जिससे छोटी सी घोड़ागाड़ी गलत दिशा में चली जाती थी।

कभी-कभी वह कार या बस के इंजन में घुस जाता, जिससे कुछ ही समय में वह गाड़ी बंद हो जाती।

और उसे साहबों या अधिकारियों के सिर से धूप से बचाने वाले टोप उड़ाने में खूब मजा आता था, जो बाद में हैरानी के साथ यह सोचते रह जाते थे कि इतनी तेज हवा का झोंका अचानक कहां से आया, और उतनी ही जल्दी हवा कैसे थम गयी। हालांकि यह मायावी प्रेत सामने आकर अपने होने का एहसास करा सकता था, और कभी-कभी लोगों को उसकी आवाज भी सुनाई देती थी, लेकिन इंसान की आंखों से वह हमेशा ओझल रहता था।

मैं लोगों की नजरों से ओझल नहीं हो सकता था, और प्रेत की कारगुजारियों का ठीकरा अक्सर मेरे सर पर फोड़ा जाता था। अगर साइकिल सवारों पर आम या खुबानी की गुठली पड़ती, तो वे ऊपर देखते, और पेड़ की शाखाओं में उन्हें नजर आता एक छोटा लड़का जो कि मैं था! तब वह मुझे देख लेने की धमकी देते। अपनी कार पेड़ के साये में खड़ी करके जाने वाले अक्सर लौटने पर पहियों की हवा निकली पाते। खुद को बेगुनाह बताने का उन पर कोई खास असर नहीं होता। लेकिन जब मैं उन्हें पेड़ में प्रेत के होने की बात बताता, तो वे बेचौन हो जाते, क्योंकि या तो वे मुझे पागल समझते या उन्हें भूत-प्रेत का डर सताने लगता। तब उन्हें दूसरे काम याद आ जाते और फिर वह तुरंत वहां से भाग जाते।

रात को कोई पीपल के पेड़ के नीचे नहीं जाता था। ऐसा कहा जाता था कि अगर आप पेड़ के नीचे जम्हाई लेते हैं, तो प्रेत आपके गले से नीचे उतर जाएगा और आपको तकलीफ देगा। हमारा माली चंदू, जो अक्सर बीमारी की छुट्टी लेता रहता था, पेट की तकलीफ के लिए

प्रेत को जिम्मेदार ठहराता था। एक बार जम्हाई लेते समय चंदू मुंह के आगे हाथ लगाना भूल गया था और प्रेत बिना किसी मुश्किल के अंदर चला गया।

अब चंदू का ज्यादातर समय अपने छोटे से घर के आंगन में एक बान से बुनी खाट पर लेटे हुए बीतता था। जब दादी उससे मिलने जातीं तो वह अपना पेट पकड़कर कराहने लगता, और बहुत तेज दर्द होने का रोना रोता था; लेकिन उनके जाने के बाद ज्यादा कुछ नहीं कहता। उसका दावा था कि दर्द की वजह से उसकी भूख पर असर नहीं पड़ा, और वह पहले की तरह खाना खाता रहा, बल्कि सच तो यह है कि वह थोड़ा ज्यादा खाने लगा, क्योंकि प्रेत को भी तो खुश रखना था!

II

'देखो भई, इसमें हमारी कोई गलती नहीं है,' दादाजी ने कहा, जब उन्होंने लोक निर्माण विभाग को हमारी जमीन पर लगे उस पीपल के पेड़ को काटने के लिए अपनी रजामंदी दी। 'वे सड़क को चौड़ा करना चाहते थे, और पेड़ के साथ हमारी थोड़ी सी दीवार रास्ते में आ रही थी। इसलिए दोनों को हटाया जाना था।'

रुद्रपुर के राजा समेत कई लोगों ने ऐतराज किया। वह सड़क के उस पार रहते थे और कभी-कभी दादाजी के साथ टेनिस खेलने जाया करते थे। वह बोले- 'यह पीपल का पेड़ सैकड़ों साल से यहां है। इसे काटने वाले हम कौन होते हैं?'

चीफ इंजीनियर का जवाब था- 'हम पी.डब्ल्यू.डी. यानी लोक निर्माण विभाग वाले हैं, और प्रेत भी हमारे विभाग की मर्जी के खिलाफ नहीं जा सकता।'

वे आरी और कुल्हाड़ी से लैस आदमी लेकर आये, और पहले उन्होंने सारी शाखों को इस तरह काटा कि बेचारा पेड़ नंगा हो गया। यही वह समय रहा होगा जब प्रेत पेड़ छोड़ गया होगा। फिर उन लोगों

ने बीच के मोटे तने पर आरी चलायी, और आखिरकार वह पुराना पीपल चरमरा कर सड़क पर गिर पड़ा, और उसकी चपेट में आकर टेलीफोन के तार टूट गये, बिजली का एक खंभा गिर गया, और राजा के बगीचे की दीवार का एक हिस्सा भी धराशायी हो गया।

उन्हें रास्ता साफ करने में तीन दिन लग गये और इस दौरान चीफ इंजीनियर ने बहुत सारी धूल फांकी और उसके साथ पेड़ों के परागकण अंदर लिये। इसके बाद कई महीनों तक वह दम घुटने जैसे एहसास की शिकायत करते रहे, जबकि किसी डॉक्टर को उनके गले में कुछ भी हाथ नहीं लगा।

'यह प्रेत का काम है,' राजा ने जोर देकर कहा, 'उन्हें उस पेड़ को कतई नहीं काटना चाहिए था।'

अपने पेड़ से हाथ धोने के बाद प्रेत ने फैसला किया कि वह हमारे घर में रहेगा।

मुझे उसकी मौजूदगी का पहली बार पता तब चला जब मैं बरामदे की सीढ़ियों पर बैठकर एक किताब पढ़ रहा था। मेरे पीछे से खिलखिलाने की हल्की सी आवाज आयी। मैंने इधर-उधर देखा, लेकिन कोई नजर नहीं आया। जब मैंने फिर से अपनी किताब पढ़ना शुरू किया, तो फिर से खिलखिलाना शुरू हो गया। इस बार मैंने ध्यान नहीं दिया। फिर मेरी खुली किताब के पन्नों पर हल्के-हल्के गुलाब की पंखुड़ियों की बौछार हुई। प्रेत चाहता था कि मुझे उसके वहां होने का पता चल जाये! 'चलो ठीक है,' मैंने कहा, तुम हमारे साथ रहने के लिए आ ही गये हो। तो अब मुझे पढ़ने दो।'

उस समय तो वह वहां से चला गया, लेकिन एक अच्छे प्रेत को अपने वजूद को मनवाने के लिए कुछ न कुछ बुरा तो करना ही पड़ता है, इसलिए उसने तरह-तरह की शरारतों का सिलसिला शुरू करने में ज्यादा समय नहीं लगाया।

उसने दादी के चश्मे को छिपाने से शुरुआत की।

'मुझे पूरा यकीन है कि मैंने उन्हें उतार कर खाने की मेज पर रखा था,' वह बड़बड़ायीं। थोड़ी देर बाद उनका चश्मा बरामदे की दीवार पर सजे उस जंगली सूअर के भूसा भरे हुए सिर पर नाक के ठीक पीछे टिका हुआ पाया गया, जो उन दिनों की यादगार था जब दादाजी जवान थे और शिकार खेलने जाया करते थे।

जाहिर है, इस गुस्ताखी के लिए पहले मुझे ही जिम्मेदार ठहराया गया। लेकिन एक-दो दिन बाद, जब चश्मा फिर से गायब हो गया, और तोते के पिंजरे के सीखचों से लटकता हुआ पाया गया, तब यह माना गया कि यह हरकत मेरी नहीं हो सकती, क्योंकि तोते ने एक बार मेरी उंगली का एक हिस्सा ही काट खाया था, और तब से मैंने उसके पास जाना बंद कर दिया था।

तोता उल्टा लटका हुआ था, और एक लेंस से देखने की कोशिश कर रहा था। मुझे नहीं पता कि ऐसा करने से उसे बेहतर दिखाई दे रहा था या नहीं, लेकिन उसे जो कुछ भी दिखाई दिया, उसे देख कर तोते को बहुत गुस्सा आया, क्योंकि उसकी आंखों की पुतलियां सिकुड़ कर बहुत छोटी हो गयी थीं, और उसने गुस्से से चश्मे के फ्रेम में अपनी चोंच गड़ा दी जिससे उसमें हमेशा के लिए एक गहरा निशान बन गया। इससे पहले कि चश्मा फर्श पर गिरता, मैंने उसे लपक लिया।

लेकिन ऐसा लग रहा था कि हमारा तोता बिना चश्मे के भी प्रेत को देख सकता है। वह इधर-उधर घूम-घूम कर न दिखाई देने वाली उंगलियों पर झपटता रहता, और अदृश्य हाथों की पकड़ में आकर खींचे और मरोड़े जाने से अपनी पूंछ को बचाने की कोशिश करता। उसे बोलना सिखाने की बहुत कोशिश की गयी थी, लेकिन उसने नहीं सीखा तो नहीं सीखा! लेकिन अब वह बोलने के लिए बड़ा उतावला रहने लगा था, और जब देखो तब न जाने किस अनजान भाषा में बकबक करता रहता था, और बीच-बीच में गुस्से से चीखता-चिल्लाता और

सनक कर देर तक आँखें तरेरा करता था। 'हमें यह तोता किसी और को देना ही होगा,' दादी ने कहा, 'वह दिन-ब-दिन और बदमिजाज होता जा रहा है।'

अब परेशान होने की बारी दादाजी की थी। वह एक सुबह बगीचे में गये और पाया कि उसके पसंदीदा स्वीट पी के सारे फूल घास पर टूटे पड़े थे। चंदू को लगा कि गौरैया फूलों का यह हाल कर गयी होंगी, लेकिन हम नहीं मान सकते थे कि सूरज निकलने से ठीक पहले परिंदे एक-एक फूल को नोच सकते हैं।

'यह प्रेत का काम होगा,' दादाजी ने कहा, और मैंने भी उनकी बात पर हामी भरी। प्रेत ने मुझे ज्यादा परेशान नहीं किया, क्योंकि वह मुझे पीपल के पेड़ वाले दौर से जानता था, और उसे यह भी मालूम था कि मैं भी उसी की तरह पेड़ काटे जाने के खिलाफ था। लेकिन वह मेरा ध्यान अपनी ओर खींचना चाहता था, और इसके लिए मेरे अकेले होने पर वह पास आकर दबी सी हँसी हँसता या तीखी सीटी सी आवाज निकालता, और किसी के साथ होने पर मेरे कान में कुछ फुसफुसा जाता था। धीरे-धीरे मुझे उसके बोले शब्द समझ में आने लगे। उसने अंग्रेजी सीखना शुरू कर दिया था!

III

बेन्जी चाचू, जो कोई खास काम न होने पर काफी दिनों के लिए हमारे साथ रहने आ जाया करते थे। ऐसा अक्सर होता था। और अब जल्दी ही उनकी शामत आने वाली थी। वह सुलक्कड़ किस्म के इंसान थे, और एक बार बिस्तर में जाने के बाद जगाये जाने से उन्हें नफरत थी। तो जब वह भरी-भरी आंखें लिए परेशान से नाश्ता करने आये, तो हमने उनसे पूछा कि वह ठीक तो महसूस कर रहे हैं?

'कल रात मेरी पल भर भी आंख नहीं लगी,' उन्होंने शिकायत की, 'मैं जब भी सोने वाला होता, तो कोई पलंग से चादर ही खींच लेता था। मुझे कम से कम एक दर्जन बार ओढ़ने-बिछाने की चादरें फर्श पर

से उठाने के लिए उठना पड़ा। फिर वह मुझे शक की निगाह से घूरने लगे। 'कल रात तुम कहां सोये थे, छोटे उस्ताद?'

'दादाजी के कमरे में,' मैंने कहा, 'मैंने अपना कमरा आपको दिया हुआ है न।'

'यह पीपल के पेड़ वाला भूत है,' दादी ने आह भरते हुए कहा। 'भूत! बेंजी चाचू ने चौंककर कहा, 'मुझे नहीं पता था कि घर भुतहा है।' 'यह अब भुतहा हो गया है,' दादी ने कहा, 'पहले, मेरा चश्मा, फिर स्वीट पी, और अब बेंजी के ओढ़ने-बिछाने के कपड़े! अब आगे न जाने क्या होगा?'

हमें ज्यादा समय तक कुछ होने का इंतजार नहीं करना पड़ा। छोटी-मोटी गड़बड़ियों का सिलसिला ही चल पड़ा। कभी फूलदान मेज से गिर जाता, तो कभी दीवारों से तस्वीरें। एक दिन तोते के पंख चायदानी में मिले, जबकि तोता खुद अक्सर आधी रात को गुस्से से चीखता-चिल्लाता और न जाने क्या क्या बकता। बंद की गयी खिड़कियां खुली मिलतीं, और खुली छोड़ी गयी खिड़कियां बंद पाई जातीं।

और फिर बेंजी चाचू को अपने बिस्तर में कौवे का घोंसला मिला, और उन्होंने जब उसे खिड़की से बाहर फेंका तो दो कौवों ने उनपर हमला कर दिया।

फिर रूबी आंटी हमारे घर रहने को आयीं, और मामला कुछ समय के लिए ठंडा पड़ गया। क्या रूबी आंटी की जबरदस्त शख्सियत का प्रेत पर असर पड़ा था, या वह सिर्फ उनकी ताकत का अंदाजा लगाने के लिए शांत हुआ था?

'मुझे लगता है कि प्रेत तुम्हारी आंटी को पसंद करने लगा है,' दादाजी ने शरारत भरे अंदाज में कहा। वैसे वह अपने रवैये में बदलाव के साथ अब शराफत से काम ले रहा था।

यह बात सच भी हो सकती थी, क्योंकि तोता, जो प्रेत के सताने की वजह से अंग्रेजी के कुछ शब्द बोलने लगा था, वह अब रूबी आंटी के कमरे में मौजूद होने पर 'चुम्मा! चुम्मा!' करने लगता था।

'कितना प्यारा पक्षी है,' रूबी आंटी ने कहा।

'तुम चाहो तो उसे साथ ले जा सकती हो,' दादी ने कहा।

एक दिन रूबी आंटी जब घर में घुसीं, तो उन पर खूब सारी गुलाब की पंखुड़ियां पड़ी थीं।

'मुझे नहीं पता कि ये कहां से आयीं,' उन्होंने हैरानी से कहा, 'मैं बगीचे में बैठी अपने बाल सुखा रही थी, कि तभी मुझ पर पंखुड़ियां बरसने लगीं!'

'वह तुम्हें पसंद करता है,' दादाजी ने कहा। 'कौन पसंद करता है?'

'भूत।'

'कैसा भूत?'

'प्रेत! जब पीपल का पेड़ काटा गया तब से वह हमारे घर में रहने लगा।'

'क्या बकवास है!' रूबी आंटी ने कहा।

'चुम्मा! चुम्मा– तोता चिल्लाया।

'कोई भूत-प्रेत वगैरह नहीं होते,' रूबी आंटी ने जोर देकर कहा।

'चुम्मा! चुम्मा!' तोता फिर से चिल्लाया। लेकिन क्या यह तोता ही था? ऐसा लग रहा था कि आवाज छत से आ रही है।

‘काश, यह तोता चुप ही रहे।’

‘यह तोता नहीं था,’ मैंने कहा, ‘प्रेत था।’

रूबी आंटी ने मेरे कान के ऊपर एक हल्की सी चपत लगायी और कमरे से बाहर निकल गयीं। लेकिन उन्होंने प्रेत को नाराज कर दिया था। उनका चाहने वाला अब उनका दुश्मन बन गया। उनके टूथपेस्ट की जगह दादाजी की शेविंग क्रीम का ट्यूब पाया गया। जब वह खाने के कमरे में घुसीं, तो उनके मुंह से झाग निकल रहे थे, हम अपनी जान बचाने के लिए वहां से भागे, क्योंकि बेंजी चाचू चिल्ला चिल्ला कर कह रहे थे कि रूबी आंटी को रेबीज हो गया है।

IV

दो दिन बाद रूबी आंटी ने शिकायत की कि उनकी नाक पर चकोतरा आकर लगा है, जो रसोईघर की एक खुली अलमारी से न जाने कैसे उछला और खुद-ब-खुद आकर सीधे उनकी नाक पर पड़ा।

‘अगर रूबी और बेंजी दोनों यहां एक साथ ज्यादा दिन तक रहे, तो दोनों को पागलपन के दौरे पड़ने लगेंगे,’ दादा जी ने खूब सोच-समझकर कहा।

‘मुझे तो लग रहा था कि ये पहले से उसी रास्ते पर हैं,’ मैंने कहा।

‘गाल बजाता है शैतान! रूबी आंटी ने डपटा। ‘हमें यहां से भगाने की नीयत से इसने प्रेत से हाथ मिला लिया है!’ बेंजी चाचू ने कहा।

‘तुम लोग उसकी बात पर ध्यान मत दो, जब तक जी चाहे यहां रहो,’ दादी ने कहा, जिन्होंने अपने तमाम भतीजे-भतीजियों, चचेरे भाई-बहनों या दूर के रिश्तेदारों तक के लिए हमेशा घर के दरवाजे खुले रखे थे।

लेकिन, प्रेत मेहमान-नवाजी में दादी जैसा नहीं था, और रूबी आंटी को सताया जाना बंद नहीं हुआ।

‘आज सुबह जब मैंने आईने में झांक कर देखा, तो उसमें मुझे एक बौना-सा राक्षस दिखाई दिया, जिसके कान बड़े-बड़े, आंखें उभरी हुई,

नथुने चौड़े थे, और हंसते हुए उसके पोपले मुंह में मसूड़े नजर आ रहे थे!' उन्होंने तीखे अंदाज में शिकायत की।

'आप इतनी बुरी तो नहीं दिखाई देतीं, रूबी आंटी,' मैंने अच्छा बनने की कोशिश करते हुए कहा।

'यह सब या तो तुम्हारी कारस्तानी है या फिर उस बौने भूत की जिसे तुम प्रेत कहते हो,' रूबी आंटी ने कहा, 'और अगर भूत है, तो अब हम सब को दूसरे घर में रहने चले जाना चाहिए।'

बेंजी चाचू को कुछ और ही सूझा।

'चलो, भूत को घर से बाहर भगाया जाये,' उन्होंने कहा, 'मैं एक साधू को जानता हूं जो घर में घुसी बुरी आत्माओं से छुटकारा दिलाता है।'

'लेकिन प्रेत बुरा नहीं है,' मैंने कहा, 'बस शरारती है।' बेंजी चाचू बाजार गये और कुछ घंटों बाद वापस आये तो उनके साथ एक रहस्यमय, लंबे बालों वाला आदमी था, जो खुद को ऐसा साधू बता रहा था, जिसने कपड़ों समेत ज्यादातर सांसारिक चीजों को त्याग दिया था।

तोता लगातार घर में उसके घुसने के खिलाफ़ टांय टांय की रट लगा रहा था, इसके बावजूद वह घर भर में घूमता रहा और उसने सभी कमरों में धूप दिखायी। इस बीच वह लगातार कई रहस्यमय मंत्रों का जाप करता रहा। फिर उसने अपनी दक्षिणा के तीस रुपये लिये, और वादा किया कि प्रेत अब कभी परेशान नहीं करेगा।

लेकिन जब वह घर से जा रहा था तभी अचानक उस पर बरसात हुई! वह दरअसल सड़े हुए फूलों और पत्तों के साथ संतरे के और केले छिलकों की बारिश थी। ऐसा होते ही वह अपने सारे मंत्र भूल गया, और सीधे फाटक की तरफ दौड़ा और वहां से निकल कर जान बचाने के लिए बाजार की ओर भाग गया।

रूबी आंटी ने शिकायत की कि जब वह तकिये पर सिर रख कर लेटती हैं तो उन्हें उसके नीचे से आती शैतानी हंसी की आवाजें सुनाई देती हैं जिससे उनका रात को सोना नामुमकिन हो गया है। उन्होंने अपनी चीजें बैग में भरीं और चली गयीं। बेंजी चाचू रुके रहे। उन्हें अब भी अपने सोने के कमरे में ओढ़ने-बिछाने की चीजें खींचे जाने से छुटकारा नहीं मिला था, और अब तो वह खुद से बातें करने लगे थे, जो कि एक बुरा संकेत था।

'प्रेत से बात कर रहे हैं, अंकल?' मैंने जब उन्हें एक दिन बड़बड़ाते हुए पकड़ा, तो मासूमियत से पूछ लिया।

उन्होंने नाराजगी के साथ मुझे घूर कर देखा। 'क्या कहा तुमने? वह बोले, 'जरा एक बार फिर से तो बोलना?'

मैंने सोचा, उन्हें खुश रखने में ही भलाई है, और कहा, 'लगता है आप सुन नहीं पाये! मैं कह रहा था कि क्या तोते को बोलना सिखा रहे हैं, अंकल?'

उन्होंने मुझे घूर कर देखा और कुछ बुदबुदा कर चल दिये। वह घर से नहीं जाना चाहते थे, क्योंकि उन्होंने उम्मीद लगा रखी थी कि दादी से उन्हें मोटरसाइकिल खरीदने के लिए पैसा उधार मिल जाएगा। लेकिन दादी ने कहा कि पहले उन्हें कुछ काम-धंधा के बारे में सोचना चाहिए। एक दिन मैंने उन्हें ड्रॉइंग-रूम के सोफे पर पागलों की तरह हंसते हुए पाया। तोता भी इतना घबरा गया था कि उस की बोलती बंद थी, और बस सिर नीचा करके, जो कुछ घट रहा था उसे समझने की कोशिश कर रहा था। बेंजी चाचू का चेहरा लाल पड़ा था, पूरी तरह लाल-ओ-लाल!

'चाचू, आपके चेहरे को क्या हुआ?' मैंने पूछ लिया। उन्होंने हँसना बंद कर दिया और कुछ पल मुझे बेरुखी से घूरते रहे। तब मुझे एहसास हुआ कि उनकी हँसी के पीछे कोई खुशी नहीं थी।

'मुझे बताए बिना वॉश-बेसिन को लाल रंग से किसने रंगा?' उन्होंने कांपती हुई आवाज में पूछा।

क्योंकि बेंजी चाचू सचमुच खतरनाक लग रहे थे, इसलिए मैं कमरे से भाग निकला।

'मुझे लगता है हमें यहां से जाना होगा,' दादाजी ने बाद में कहा, 'महीने-दो महीने के लिए ही सही। मुझे तो बेंजी की फिक्र हो रही है। मैंने उससे कहा कि वॉश-बेसिन को मैंने खुद पेंट किया है, लेकिन उसे बताना भूल गया था। पर उसे मेरी बात पर यकीन ही नहीं होता। उसे लगता है कि यह प्रेत या लड़के में से किसी ने किया है, या दोनों ने मिलकर! बेंजी को माहौल में बदलाव की जरूरत है। है तो हमें भी। शहर के दूसरे छोर पर मेरे भाई का घर है। वह कुछ महीने बाहर रहेगा। अगले हफ्ते हम वहां रहने चलते हैं।'

और इस तरह, कुछ दिनों में, कई मुसीबतों का सामना करने के बाद, घर बदलने का दिन आया।

V

पहले फर्नीचर और दूसरी भारी चीजों को दो बैलगाड़ियों में लाद कर भेजा गया। बेंजी चाचू उनके साथ गये। हमारी पुरानी कार की छत पर बैग और रसोई के बर्तनों को एक के ऊपर एक करके लादा गया। दादाजी ने कार की स्टीयरिंग संभाली, मैं उनके बगल वाली सीट पर बैठ गया, और दादी शान से पीछे वाली पूरी सीट पर अकेले फैल कर बैठीं।

फिर हम चल पड़े और मुख्य सड़क पर कुछ ही आगे बढ़े थे कि स्टीयरिंग व्हील से दादाजी को परेशानी होने लगी। ऐसा लग रहा था कि वह ढीली हो गई थी, जिससे कार सड़क पर इधर-उधर बहकने लगी, जिससे साइकिल वाले, पैदल चलने वाले, आवारा कुत्ते, सूअर और मुर्गियां बचने के लिए हड़बड़ा कर इधर-उधर भागने लगे। एक गाय टस से मस नहीं हुई, लेकिन वह किसी तरह हमारी गाड़ी की चपेट में आने से बच गयी। और फिर अचानक गाड़ी सड़क से उतरकर एक नीची सी दीवार की ओर बढ़ने लगी। दादाजी ने पैर से नीचे ब्रेक

को दबाया, लेकिन उससे तो रफ्तार और बढ़ गयी! 'बचो!,' दादाजी चिल्लाये। वह रुद्रपुर के राजा के बगीचे की एक ईंट से बनी दीवार थी, जो कार की टक्कर से बड़ी आसानी से गिर गयी, और कार अंदर राजा के लॉन में जाकर रुकी।

'देखो तुमने क्या कर डाला!' दादी ने कहा।

'गनीमत है फूलों की क्यारियां बच गयीं,' दादा जी ने कहा। 'कोई कार से छेड़छाड़ कर रहा था। हमारा प्रेत ही होगा, इसमें कोई शक नहीं।'

राजा और उनके दो नौकर हमारी ओर दौड़ते हुए आये।

राजा भले आदमी थे, और जब उन्होंने देखा कि गाड़ी दादाजी चला रहे थे, तो खुशी से उनका चेहरा खिल उठा।

'आपको देखकर बहुत खुशी हुई, आप तो हमारे पुराने आदमी हैं!' उन्होंने कहा, 'हमारे घर पधारे, बड़ी खुशी की बात है! चलिए टेनिस खेलने चलते हैं, कैसा रहेगा?'

'दीवार तोड़कर अंदर आने के लिए अफसोस है,' दादाजी ने माफी मांगने के अंदाज में कहा।

'उसकी कोई बात नहीं! आप तो बड़े हैं, पुराने जानकार हैं। फाटक बंद था, ऐसे में आप और क्या कर सकते थे?'

दादा जी भी राजा से कम भले आदमी नहीं थे, इसलिए उन्होंने सोचा कि राजा के साथ टेनिस खेल लेना ही ठीक रहेगा। दादी और मैं उनका खेल देखने के साथ शिकंजी की चुस्कियां लेते रहे। खेल के बाद, राजा ने हमें विदा किया और हम दीवार के टूटे हुए हिस्से से होकर वापस सड़क पर आ गये। कार का ज्यादा कुछ नहीं बिगड़ा था। हम ज्यादा दूर नहीं चले थे कि हमें एक अजीब सी आवाज सुनाई दी, जैसे कोई दबी-सी हंसी हंसते हुए खुद से बातें कर रहा हो। आवाज कार की छत से आ रही थी।

'तोते को सामान के साथ ऊपर रैक पर रखा है क्या?' दादा जी ने पूछा।

'नहीं तो!' दादी ने कहा, 'उसे तो पहले ही बेंजी के साथ भेज दिया था।' दादाजी ने कार रोकी, बाहर निकले और छत पर देखा।

'यहां तो कुछ भी नहीं है,' उन्होंने अंदर आकर फिर से इंजन चालू करते हुए कहा, 'मुझे लगा कि मैंने तोते को बोलते सुना।'

जब हम थोड़ा और आगे बढ़े, तो फिर खिलखिलाना शुरू हो गया। एक तीखी पर धीमी सी तोते जैसी आवाज में अंग्रेजी में बातचीत शुरू हो गयी।

'अरे यह तो प्रेत है,' दादी ने फुसफुसा कर कहा, 'सुनो तो क्या कह रहा है?'

गाड़ी के नये मकान के फाटक में घुसते ही प्रेत की तीखी आवाज में कुछ तेजी आ गयी।

'आ गये! आ गये! उसने चहकते हुए कहा। नया घर! घरवाले वही पुराने! कितना मजा करेंगे हम!'

दादा जी ने वहीं कार रोकी, फिर उसे वापस पीछे की ओर लिया, और फिर पुराने घर की ओर वापस लौटने लगे।

'यह आप क्या कर रहे हैं?' दादी ने पूछा।

'घर चल रहे हैं,' दादाजी ने कहा।

'और प्रेत का क्या?'

'उसका क्या? उसने तय कर लिया है कि वह हमारे साथ ही रहेगा, इसलिए हमें यही देखना होगा कि इन हालात में क्या अच्छा हो सकता है। आप किसी मुश्किल से भाग कर उसका हल नहीं ढूंढ सकते।'

'ठीक है,' दादी ने कहा, 'लेकिन बेंजी का क्या होगा?'

'यह उसके ऊपर है, है न? उसे करने को कुछ काम मिल जाए तो वह ठीक हो जाएगा।'

दादाजी ने बरामदे की सीढ़ियों के सामने कार रोक दी।

'मुझे भूख लगी है,' मैंने कहा।

‘ऐसा कुछ खाकर काम चलाना पड़ेगा जैसे पिकनिक में होता है,’ दादी ने कहा, तकरीबन सब कुछ तो बैलगाड़ियों पर लादकर भेज दिया था।’

जैसे ही हम कार से उतरे और बरामदे की सीढ़ियां चढ़े, गुलाब की पंखुड़ियों और खुशबूदार चमेली की बौछार से हमारी अगवानी हुई।

‘कितना अच्छा लग रहा है न!’ दादी मुस्कुराते हुए बोलीं, ‘मुझे लगता है कि वह हमें चाहता है!’

9
चकराता की बिल्ली

चकराता, शिमला और मसूरी के बीच में एक छोटा सा हिल स्टेशन है। मेरे युवावस्था में यह सड़क नहीं बनी थी, और यातायात के साधन भी नहीं थे। मैं एक हिल स्टेशन से दूसरे हिल स्टेशन तक कभी अकेले, कभी किसी के साथ पैदल यात्रा करता था। मुझे उस दूरी को तय करने में करीब पांच दिन लगते थे। मैं आराम से चलने वाला युवक था। यदि किसी को ट्रेन पकड़ना पसंद है तो वह पैदल यात्रा का आनंद नहीं उठा सकता।

चकराता में, वन विभाग का एक पुराना डाक बंगला था जहां मैं कभी-कभी रात बिताता था। आप इस विश्राम-गृह को खोजने की कोशिश न करें। अब यह इस्तेमाल के लायक नहीं रहा, बहुत जर्जर और पुराना हो गया है और इसकी जगह पर शहर के पास एक नई बिल्डिंग बन चुकी है।

गर्मियों के दिन थे और मैं सूर्यास्त के समय, उस विश्राम गृह तक गया और चौकीदार को आवाज दी। पता नहीं क्यों? हर बार मैं उसका नाम भूल जाता था। वह झक सफेद बालों वाला, बूढ़ा आदमी था, बहुत कम बोलता था। यदि आप उसे कहेंगे कि इधर की तरफ आते समय, अभी-अभी एक भालू ने मेरा पीछा किया, तो वह बस सिर हिलाकर कहेगा, 'अच्छा तो फिर आप आराम करें, आप थक गए होंगे। इसके बारे में फिर सोचना।' और वह, भालू के बारे में कुछ नहीं पूछेगा!

चलो वह जैसा भी था, उसने मेरे लिए एक बेडरूम खोला, और बहुत ही सादा सा खाना बनाया (जो मुझे बहुत ही स्वादिष्ट लगा, मैंने

दिन-भर में कुछ भी नहीं खाया था), फिर उसने मुझ से पुरानी चिमनी में आग लगाने के लिए पूछा।

चकराता में सितंबर में भी ठंड हो सकती थी, मैंने सोचा यदि वह मेरे कमरे की भट्ठी के लिए जलाने वाली लकड़ी लाएगा तो मैं उसे पैसे दे दूंगा। उसने बेडरूम और बरामदे की लाइटें जला दीं और फिर लकड़ियां लाने के लिए बिल्डिंग के पिछले हिस्से में चला गया।

उसी समय मुझे एक बिल्ली दिखाई दी।

वह बड़ी काली बिल्ली थी, और चिमनी के सामने बैठी थी, लग रहा था वह भट्ठी में आग जलने का इंतजार कर रही है। मैंने उसे कमरे में घुसते हुए नहीं देखा था, और उसने मुझ पर ज्यादा ध्यान नहीं दिया, वह तो बस भट्ठी को ही घूरती रही। फिर जब उसने चौकीदार के लौटने की आवाज सुनी तो वह उठकर कमरे से बाहर निकल गई।

'आपके पास बिल्ली है?' मैंने पूछा, जब वह आग जला रहा था, तो मैं उससे बातचीत करने की कोशिश कर रहा था।

उसने नकारने के अंदाज में अपना सिर हिलाया। 'बिल्लियां तो चूहों के लिए ही आती हैं,' उसने कहा, और फिर मेरे पास कोई दूसरा सवाल नहीं था। फिर वह अगली सुबह मेरे लिए एक कप चाय लाने का वायदा कर चला गया। कमरे के कोने में किताबों की एक छोटी सी रैक थी उसमें मुझे एम. आर. जेम्स की एक पुरानी पसंदीदा किताब *ए वॉर्निंग* टू द *क्यूरियस* मिली। उस किताब की पुराने कॉलेजों में भूतों की कहानियों ने मुझे कुछ घंटों तक जगाए रखा; फिर मैंने बत्ती बुझाई और बेड पर लेट गया।

मैं बिल्ली के बारे में बिलकुल भूल गया था।

जब बिल्ली मेरे बिस्तर पर कूद गई और मेरे पैरों के पास कुंडली मारकर बैठ गई, मुझे एक हल्की सी घुर्राहट सुनाई दी। मुझे बिल्लियों का कोई खास शौक नहीं है। और मैं उसे लात मार कर बेड से नीचे

गिराना चाह रहा था। मैंने सोचा, 'कोई बात नहीं, शायद इसे इस कमरे में सोने की आदत है, खासकर आग के सामने। इसलिए, मैं इसे यहीं बैठी रहने दूंगा, जब तक कि यह आधी रात में चूहों का पीछा करना शुरू नहीं कर देती!' और फिर वह मेरे करीब आ गई, मेरे पैरों से मेरे घुटनों तक आगे बढ़ रही थी, और जोर से चिल्ला रही थी जैसे उसे यह माहौल बहुत अच्छा लग रहा हो।

मैं सो गया और मुझे बहुत ही चैन की नींद आई। शायद मैं कुछ घंटे ही सोया था कि अपनी काँख के नीचे गीलेपन की वजह से मेरी नींद खुल गई, और मैं जाग उठा। मेरी बनियान गीली थी, और कोई मेरा मांस चाट रहा था।

जब महसूस हुआ कि बिल्ली मेरे साथ बिस्तर में है तो मैं डर गया, अब वह मेरे बगल में फैली हुई थी और बड़े आराम से मेरी बगलें चाट रही थीद्य उसकी घुरघुराह से लग रहा था कि वह मजे ले रही है।

मैं बिस्तर पर बैठ गया, बिल्ली को अपने से दूर फेंक दिया, और फुर्ती से लाइट स्विच की तरफ भागा। जैसे ही कमरे में रोशनी हुई, मैंने देखा कि बिल्ली बेड के पास खड़ी थी, पूंछ सीधी कर रखी थी और शरीर के बाल खड़े थे। वह बहुत गुस्से में थी। महज पांच सेकंड में उसका रूप बदल गया और उसका सिर एक स्त्री का हो गया; उभरी हुई नाक और बड़े टेढ़े-मेढ़े कान, उसके होंठ मोटे और मेरे-खून से लथपथ थे!

क्षण भर के लिए वह वैसी ही रही और एक बार फिर से बिल्ली का सिर दिखाई दिया, उसने एक चीख मारी, बेड से उछली, और बा. थरूम के दरवाजे से गायब हो गई।

मेरी कमीज और बनियान खून से लथपथ थे। एक घंटे से भी ज्यादा समय से वह मेरी नाजुक त्वचा को चाट रही थी- जब तक कि खून नहीं निकल गया। वह बिल्ली थी या पिशाच या चुड़ैल? या तीनों थी। आखिर, क्या थी वह?

मैं बाथरूम में देखने भागा। वह खुली खिड़की से बाहर निकल चुकी थी। मैंने खिड़की बंद कर दी, घाव साफ किया, और खुद को आईने में देखा।

मुझे उसने काटा नहीं था। ये दांतों के निशान नहीं थे, खरोंच भी नहीं थे। घाव लगातार जीभ से चटाने से हुआ था।

मुझे कॉटेज में कुछ रूई के फाहे मिले, और मैंने उनसे अपनी बगल से खून के बहाव को रोकने की कोशिश की। फिर मैंने अपनी बनियान और कमीज बदली और सुबह होने का इंतजार करने के लिए एक आराम कुर्सी पर बैठ गया। सुबह के तीन बज रहे थे। मुझे कमजोरी महसूस हुई और मैं अपनी कुर्सी पर सो गया, जब चौकीदार ने कप चाय लेकर मेरे दरवाजे पर दस्तक दी तब मेरी नींद खुली।

चकराता एक प्यारी जगह है, अधिकांश हिल स्टेशनों की तुलना में कुछ ज्यादा ही सुंदर है, लेकिन मुझे वहां रुकने की कोई इच्छा नहीं थी। आठ बजे देहरादून के लिए बस थी। पैदल यात्रा न करके मैंने बस लेने का फैसला किया।

'तुम्हारी वह बिल्ली कहां है?' मैंने जाने से पहले चौकीदार से पूछा। वह बेचारा उस बिल्ली के बारे में कुछ नहीं जानता था। उसे वहां की बिल्लियों की परवाह नहीं थी। वे बदकिस्मत थीं, बुरी आत्माओं की दोस्त, मरे हुए लोगों की दुनिया के प्राणी।

मैं चौकीदार से बिल्ली के बारे में बहस करने के लिए नहीं रुका, मगर मैंने उसके आतिथ्य के लिए उसे धन्यवाद दिया और वहां से रवाना हो गया।

वह घाव, जो देखने में घाव जैसा बिलकुल नहीं लगता था, उसे ठीक होने में समय लगा। मेरी बाहों के नीचे की त्वचा कुछ हफ्तों के लिए पूरी तरह से खुरदरी बनी रही थी, लेकिन शरीर के ठीक होने की

अपनी शक्ति होती है यदि सब्र से क़ाम लिया जाए तो शरीर अपने आप ठीक हो जाता है। लेकिन मेरे बगल की त्वचा पर, बिल्ली की जीभ के आकार और माप का एक चमकदार लाल निशान है। यह बहुत सालों से है जो अब कभी मिटेगा नहीं। अगली बार जब आप मुझसे मिलने आएंगे तो मैं आपको दिखाऊँगा।

10
अंधेरे में एक चेहरा

शिमला के हिल स्टेशन के बाहरी इलाके में मिस्टर ओलिवर नामक, एक एंग्लो-इंडियन टीचर, रात को देर से अपने स्कूल लौट रहे थे। किपलिंग के पहले से यह अंग्रेजी पब्लिक स्कूल की तर्ज पर स्कूल चलाया जाता था। जिसमें पढ़ने वाले ज्यादातर लड़के धनी भारतीय परिवारों से थे। स्कूल की ड्रैस में ब्लेजर, टोपी और टाई पहननी होती थी। लाइफ पत्रिका ने भारत पर एक फीचर में एक बार इस स्कूल को 'ईटन ऑफ द ईस्ट' कहा था। मिस्टर ओलिवर उस स्कूल में वर्षों से पढ़ा रहे थे।

शिमला शहर का बाजार, सिनेमाघर और रेस्तरां आदि, स्कूल से लगभग तीन मील की दूरी पर थे। मिस्टर ओलिवर, कुंवारे थे। वह आ. मतौर पर शाम को शहर में टहलते थे, और अंधेरा होने के बाद देवदार के जंगल से होकर स्कूल लौटते थे।

एक बार बहुत तेज हवा चल रही थी, और चीड़ के पेड़ बहुत ही संजीदा, और अजीब-अजीब आवाजें कर रहे थे। अधिकतर लोग मुख्य रास्ते पर चले गए। लेकिन मिस्टर ओलिवर न तो डरपोक थे और न ही खामख्याली व्यक्ति थे। उनके हाथ में एक टॉर्च थी जिसकी रोशनी नीचे की ओर गिरते हुए संकरे जंगल के रास्ते से ठीक नीचे जा रही थी। जब टॉर्च की टिमटिमाती रोशनी एक चट्टान पर अकेले बैठे एक लड़के के चेहरे पर पड़ी, तो मिस्टर ओलिवर रुक गए। वह सोच रहे थे अंधेरा होने के बाद इस लड़के को घर से बाहर नहीं निकलना चाहिए।

'लड़के तुम यहां क्या कर रहे हो?' मिस्टर ओलिवर ने उसको पहचानने के अंदाज में उसके बिलकुल करीब जाकर जोर से पूछा। लेकिन जैसे

ही वे लड़के के पास पहुंचे, मिस्टर ओलिवर को लगा कि कुछ गड़बड़ है। लड़का रोता हुआ दिखाई दिया। उसका सिर नीचे की तरफ झुका हुआ था, उसने अपना चेहरा अपने हाथों में पकड़ रखा था, और उसका शरीर कांप रहा था। उसका रोना बड़ा अजीब था, उसकी आवाज नहीं निकल रही थी, मिस्टर ओलिवर उसे देखकर असहज हो उठे।

'अच्छा, क्या बात है?' उन्होंने पूछा, उनका गुस्सा चिंता में बदल गया था। 'तुम किस लिए रो रहे हो? लड़के ने न तो उत्तर दिया और न ही ऊपर देखा। लगातार सुबकने के साथ-साथ उसका शरीर कांप भी रहा था। 'चलो, लड़के, तुम्हें इस समय यहां नहीं होना चाहिए। मुझे बताओ तुम्हें क्या परेशानी है, जरा मेरी तरफ देखो!' लड़के ने ऊपर देखा। उसने अपने चेहरे से हाथ हटा लिया और अपने टीचर की ओर देखा। मिस्टर ओलिवर की टोर्च की रोशनी लड़के के चेहरे पर पड़ी-लड़के के शरीर को देखते हुए उसका चेहरा भी होना चाहिए था।

मगर उसके चेहरे पर आंख, कान, नाक या मुंह नहीं था। वह सिर्फ एक गोल चिकना सिर था जिसके ऊपर स्कूल की टोपी थी! उस लड़के की कहानी उसी जगह पर खत्म हो जानी चाहिए थी लेकिन मिस्टर ओलिवर के लिए वह कहानी वहीं खत्म नहीं हुई।

उनके हाथ कांपने लगे और हाथ से टॉर्च गिर गई। वह मुड़ गए और रास्ते से नीचे की ओर चलने लगे, पेड़ों के बीच से होते हुए आंखें बंद किए दौड़ रहे थे और मदद के लिए पुकार रहे थे। वह अभी भी स्कूल की बिल्डिंग की ओर दौड़ रहे थे, कि उन्होंने रास्ते के बीच में एक लालटेन को झूलते देखा। मिस्टर ओलिवर सांस लेने के लिए हांफते हुए चौकीदार के पास पहुंचे। 'क्या है साहब?' चौकीदार ने पूछा। 'क्या कोई दुर्घटना हुई है? आप भाग क्यों रहे थे?'

अभी-अभी मैंने एक डरावना दृश्य देखा - जंगल में एक लड़का रो रहा था - और उस लड़के का चेहरा नहीं था!

'चेहरा नहीं था! साहब, क्या बात कर रहे हैं आप?'

'आंख, नाक, मुंह-कुछ भी नहीं था उस लड़के के चेहरे पर।'

'क्या सचमुच में ऐसा था, साहब?' चौकीदार ने पूछा और लैंप को अपने मुंह तक उठा लिया। उस चौकीदार की न आंखें थीं, न कान, कोई शक्ल-सूरत नहीं थी- भौंहें भी नहीं! और फिर उसी समय हवा से वह लैंप बुझ गया।

11

डोपेलगेंजर

1960 में या उसके कुछ समय बाद मैं पहली बार एक जुड़वाँ आत्मा से मिला था।

मैंने कम से कम इसे सही लिखा है। यह जर्मन शब्द है लेकिन आप इस शब्द को ऑक्सफोर्ड डिक्शनरी में देख सकते हैं, जहां बहुत सारे विदेशी शब्द मिलते हैं।

मैं उस समय छब्बीस का था। मेरा एक उपन्यास लन्दन से प्रकाशित हो चुका था। लेकिन बेहद कम लोगों ने उसे पसंद किया। और नई दिल्ली में मेरी फ्रीलांसिंग के कामों की सराहना होती थी मगर शायद ही कभी मुझे इसके लिए इनाम मिला हो। मैंने एक अमेरिकी राहत एजेंसी, CARE में नौकरी की और उन्होंने मुझे तिब्बती शरणार्थियों को क्या मदद दी जा सकती है, यह देखने के लिए दार्जिलिंग और दूसरी जगहों पर भेजा।

उस समय मैं कुछ नहीं था मगर कुछ बनने की कोशिश कर रहा था। उन्हीं दिनों मैं एक पुराने एवरेस्ट होटल में गया।

वहाँ मैंने काफी लोगों को देखा। शम्मी कपूर और उनका बॉलीवुड क्रू, प्रोफेसर नाम की एक रोमांटिक फिल्म बना रहा था। और कोलकाता से सत्यजीत रे और उनकी टीम, कंचनजंघा नाम की एक कलात्मक फिल्म बना रही थी।

कंचनजंघा, दार्जिलिंग से दिखाई देने वाली एक खूबसूरत चोटी का नाम है। जब मैं वहां था तो मुझे इसकी एक झलक के साथ इन दोनों

फिल्मों की शूटिंग की कुछ झलकियाँ भी देखने को मिलीं। लेकिन यह कहानी इन फिल्मों पर या तिब्बतियों के साथ किए गए मेरे काम के बारे में नहीं है। बल्कि उनकी वजह से हुई एक मुलाकात की कहानी है।

एक दोपहर मैं खाली था और दार्जिलिंग मॉल में टहल रहा था, तभी मुझे एक तेज आवाज सुनाई पड़ी, 'मिस्टर बॉण्ड! क्या आपको मेरा हेनरी ग्रीन मिला?'

यह मैरी सेटन की आवाज थी।

मैं नई दिल्ली में कई बार मैरी सेटन से मिल चुका था। CARE के प्रमुख जिन्होंने लाओस पर एक किताब लिखी थी, ने उनसे मेरा परिचय करवाया था। मैरी मुझसे बहुत बड़ी थीं, लेकिन उनकी सोहबत अच्छी थी। हम अक्सर इंडिया कॉफी हाउस में मिलते और एक स्ट्रांग कॉफी के मग के साथ लंबी, गपशप किया करते थे।

फिल्मों में उनकी दिलचस्पी थी, उन्होंने ईसेनस्टीन की अधूरी, क्यू विवा मैक्सिको, जिसे मैंने लंदन में देखा था, का संपादन किया था और अब सत्यजीत रे की फिल्मों की फिल्मोग्राफी लिखने में जुटी हुई थीं। इसीलिए वह दार्जिलिंग आई हुई थीं।

'आपका हेनरी ग्रीन?' हम दोनों के आमने-सामने होने पर मैंने कहा, मैंने हेनरी ग्रीन को कभी नहीं पढ़ा। लेखक के रूप में आजकल वे लोकप्रिय हैं, लेकिन मुझे अभी किसी ऐसे व्यक्ति से मिलना है जिसने उनकी रचनाओं को पढ़ा हो।

'मुझे यकीन है कि मैंने वह किताब आपको पढ़ने के लिए उधार दी थी,' उन्होंने अनिश्चय में कहा 'या शायद वह मैंने खुशवंत को दी थी। वैसे तुम यहाँ क्या कर रहे हो? तुम बंबई के लोगों के साथ नहीं हो, क्या तुम रेल की पटरियों पर गा और नाच रहे हो?'

नहीं, बिल्कुल नहीं? लेकिन मैं खुद को कुछ दोषी मान रहा था, क्योंकि उसी सुबह मैं श्री कपूर की पत्नी, खूबसूरत गीता बाली के साथ थोड़ी बातचीत कर चुका था। वह फिल्म में नहीं थीं - खराब स्वास्थ्य

के कारण उन्होंने फिल्मों से किनारा कर लिया था– मगर फिर भी वह बहुत आकर्षक थीं।

'मैं गा नहीं सकता और नृत्य भी नहीं कर सकता,' मैंने कहा, 'मगर आइये कॉफी पीते हैं, मैं आपको बताऊँगा कि मैं यहाँ क्यों आया हूँ।'

और तभी हम राह किनारे बने एक केफे में बैठ गए और किताबों और फिल्मों और ब्रिटिश शाही परिवार के बारे में बातें कीं (वह शाही परिवार की विशेषज्ञ थीं और जाहिर था वह उन सभी को जानती थीं), और यहां तक कि उस शाम के बाद उन्होंने ने महान सत्यजीत रे से मेरा परिचय करवाने का वादा भी किया।

हम दोनों ने एक दूसरे से विदा ली और मैं अपने काम के लिए चला गया और शाम को लगभग छह बजे होटल लौट आया। होटल की लॉबी, फिल्मी लोगों से भरी हुई थी, लेकिन मैरी सेटन की किसी योजना का कोई नामों निशान नहीं था, और जब मैंने रिसेप्शन में पूछताछ की तो मुझे बताया गया कि इस नाम का कोई इस होटल में कोई नहीं है।

कोई नहीं। वह कहीं और रह रही होंगी, वह संभवत: अपने खर्चे पर किसी मामूली होटल में रह रही होंगी। मैं दार्जिलिंग की दिसंबर की धुंध में लंबी सैर के लिए चला गया और उनसे मुलाकात के बारे में भूल गया।

कुछ हफ्तों के बाद मैं नई दिल्ली में एक किताब की दूकान की तलाश में कनॉट प्लेस में घूम रहा था, तभी मुझे फिर से वह परिचित आवाज सुनाई दी: 'तुमने मेरे हेनरी ग्रीन के साथ क्या किया?'

फिर से मैरी सेटन थीं।

'आप जानती हैं कि मेरे पास उनकी किताब नहीं है,' मैंने कहा, 'मैंने हेनरी ग्रीन को नहीं पढ़ा है और न ही उनकी किताब पढ़ने की मेरी कोई इच्छा है। आईये कॉफी पीते हैं और आप अपनी शाही गपशप सुनाइए।

हम नरूला में गए और एक-दूसरे का हालचाल जाना।

मैंने उनसे पूछा, 'दार्जिलिंग की शूटिंग कैसी रही? हम मिलने वाले थे, लेकिन मुझे आप होटल में नहीं मिलीं।'

'कौन सा होटल? तुम क्या कह रहे हो?'

'पिछले महीने दार्जिलिंग में। क्या आपको याद नहीं? हम मॉल में मिले थे, जब रे कंचनजंघा की शूटिंग कर रहे थे।'

"प्यारे मैं कभी दार्जिलिंग नहीं गई। तुम कल्पना कर रहे हो - अनीस निन बहुत ज्यादा पढ़ रहे हो! हालाँकि मैं वहाँ होती तो अच्छा होता। रे को काम करते हुए देखना! मुझे बस अपनी किताब चाहिए थी। लेकिन वह नहीं मिली। मैं उस समय फ्लू से पीड़ित थी।'

लेकिन आप वहाँ पर थीं- हम मॉल में मिले थे-आपने मुझे अपने मनहूस हेनरी ग्रीन के लिए कहा था!'

"बकवास! मैं एक साथ दो जगहों पर नहीं हो सकती?"

और फिर यह मेरे साथ हुआ - शायद वह एक डोपेलगेंजर थी, जो एक ही बार में दो जगहों पर रह सकती थी! मुझे थोड़ी झुरझुरी सी छूटने लगी। एक डोपेलगेंजर भूत से भी अधिक डरावना; अलौकिक गुणों वाला एक जीवित व्यक्ति। क्या अभी वह असली मैरी थी? या वह मेरे साथ कॉफी पीने वाली भूत थी? बेशक वह उस दिन दार्जिलिंग में थी और शायद वो अब कहीं और भी थी। वह बकिंघम पैलेस में चाय पी रही होगी! कोई आश्चर्य नहीं कि वह रॉयल्टी के बारे में इतनी अच्छी तरह से वाकिफ थी...।

मैं जाने के लिए उठा; अपनी पहले से तय एक मीटिंग के बारे में मैंने कोई बेकार सा बहाना बनाया और फिर मुलाकात का वादा किया।

'अलविदा, प्यारे लड़के,' उन्होंने एक भयावह मुस्कान के साथ कहा:

'और मेरे हेनरी ग्रीन को भूल मत जाना।'

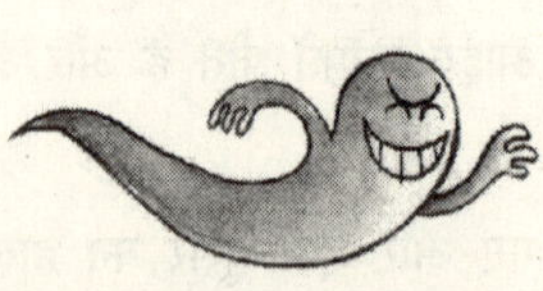

12

भूतिया पहाड़ी पर हवाएँ

हिमालय की बर्फीली हवा हू..हू..हू.. करती हुई नीचे की तरफ बह रही थी। पहाड़ियों पर उगे हुए ऊँचे-ऊँचे चीड़ और देवदार के पेड़ों के बीच से होकर गूंजती और कराहती हुई बह रही थी। इन भुतहा पहाड़ियों पर हवा की रुकावट के लिए कुछ खास नहीं– सिर्फ कुछ छोटे पेड़, झाड़ियां और एक छोटी सी बस्ती के खंडहर थे।

अगली पहाड़ी की ढलान पर एक गांव था। उस गांव के लोगों ने अपनी टिन की छतों पर बड़े-बड़े पत्थर रखे हुए थे, ताकि टीन की छत उड़ न जाएं। इस इलाके में लगभग हमेशा ही तेज हवा चलती रहती थी। पत्थर की एक नीची दीवार पर तीन बच्चे धुले हुए कपड़े सूखने के लिए फैला रहे थे, हर कपड़े पर वे एक पत्थर का टुकड़ा रख रहे थे।

काले बालों और गुलाब जैसे गालों वाली, ग्यारह वर्षीय लड़की उषा अपने दादा की लंबी, ढीली शर्ट को दीवार पर फैलाने के लिए कोशिश कर रही थी। उसका छोटा भाई, सुरेश, एक बेडशीट फैलाने की कोशिश कर रहा था। जबकि उषा की सहेली बिन्या, जो उन दोनों से बड़ी थी, कपड़े सूखाने में उनकी मदद कर रही थी।

जब उन तीनों बच्चों ने गीले कपड़ों को दीवार पर मजबूती से दबा दिया, तो वे समतल चट्टानों पर चढ़ गए और वहीं बैठ गए और धूप सेंकते हुए खंडहरों के पास के खेतों के उस पार की भुतहा पहाड़ियों को घूरते रहे।

उषा ने कहा, 'मुझे आज बाजार जाना है।'

‘काश मैं भी तुम्हारे साथ जा पाती,’ बिन्या ने कहा, ‘लेकिन क्या करूँ मुझे गायों की देखभाल करनी है, इसलिए मैं तुम्हारे साथ नहीं जा सकती।’

‘मैं तुम्हारे साथ चलूंगा!’ आठ साल के सुरेश ने कहा। बाजार, पहाड़ी के दूसरी ओर तीन मील की दूरी पर था। सुरेश बाजार जाने के लिए हमेशा तैयार रहता था।

‘नहीं, तुम मेरे साथ नहीं चल सकते,’ उषा ने कहा, ‘तुम्हें दादाजी को लकड़ी काटने में मदद करनी चाहिए।’

‘क्या तुम्हें अकेले लौटने में डर नहीं लगेगा?’ सुरेश ने उषा से पूछा, ‘भुतही पहाड़ी पर भूत-प्रेत होते हैं!

‘मैं अंधेरा होने से पहले वापस आ जाऊँगी, भूत-प्रेत दिन में नहीं दिखाई देते!’

‘क्या उस खंडहर में बहुत सारे भूत हैं?’ बिन्या से पूछा।

‘दादा जी ऐसा कहा करते हैं। उनका कहना है कि सौ साल से भी पहले, कुछ अंग्रेज उस पहाड़ी पर रहते थे। लेकिन उनकी बस्ती पर हमेशा बिजली गिरती रही, इसलिए वे उसे छोड़ कर कहीं दूर किसी दूसरी जगह पर चले गए।’

‘लेकिन अगर वे चले गए, तो उस जगह पर भूत-प्रेत क्यों आते हैं?’

‘क्योंकि-दादाजी कहते हैं- एक बार बहुत भयंकर तूफान आया था और एक घर बिजली की चपेट में आ गया, उस घर पर बिजली गिरने से उसमें रहने वाले सभी लोग मारे गए, एक बच्चा तक नहीं बचा।’

‘कितने बच्चे थे उस परिवार में?’

‘दो। एक लड़का और उसकी बहन। दादाजी ने चांदनी रात में, उन्हें वहां पर खेलते हुए कई बार देखा है।’

‘क्या दादाजी को उन्हें देख कर डर नहीं लगा ?’ ‘नहीं। बूढ़े लोगों को भूतों से कोई परेशानी नहीं होती, वे उनकी परवाह नहीं करते।’

उषा, दोपहर दो बजे बाजार की तरफ निकली। बाजार करीब एक घंटे की पैदल दूरी पर था। बाजार का रास्ता सरसों के पीले खेतों से होकर, फिर पहाड़ी की ढलान के साथ-साथ होते हुए सीधे खंडहरों से होकर जाता था। उषा, अक्सर बाजार में खरीदारी करने या पास के कस्बे में रहने वाली अपनी मौसी से मिलने जाया करती थी।

खंडहर की टूटी हुई दीवारों पर जंगली फूल खिले हुए थे और कभी हॉल रहे उस कमरे के फर्श पर एक जंगली बेर उग आया था।

वह सफेद-मुलायम फूलों से लदा हुआ था। पत्थरों पर छिपकलियों ने अपना घर बना लिया था, और एक पहाड़ी मैना जिसके बैंगनी पंख धूप में चमक रहे थे, एक खिड़की पर बैठी अपने मधुर कंठ से गा रही थी।

उस सड़क के साथ चलते-चलते उषा भी गा रही थी, जो नीचे घाटी से होकर सुन्दर बाज़ार तक जाती है।

उषा ने इत्मीनान से चलते हुए, बाजार से मसाले, चीनी और माचिस इत्यादि खरीदी। अपनी पॉकेट मनी से बचाए गए दो रुपयों से, उसने अपने लिए लाल रंग का मोतियों का हार और सुरेश के लिए कुछ कंचे खरीदे। फिर उसने एक मोची की दुकान पर अपनी मां की चप्पलों की मरम्मत करवाई।

खरीदारी करने के बाद उषा अपनी मौसी लक्ष्मी से मिलने उनके फ्लैट में चली गई, उनका फ्लैट, दुकानों के ऊपर बना हुआ था। उषा और उसकी मौसी बतियाते हुए गर्म मीठी चाय पी रही थीं कि उषा ने महसूस किया कि पहाड़ों पर काले बादल छा गए हैं और किसी भी समय बारिश हो सकती है। उसने जल्दी से अपना सामान उठाया, अपनी मौसी को अलविदा कहा और अपने गांव के लिए निकल पड़ी।

अचानक हवा चलनी बिलकुल बंद हो गई। पेड़ शांत थे, झींगुर खामोश थे। इलाके में, कौवे काँव-काँव करते हुए घूमते रहे फिर एक शाहबलूत के पेड़ पर बैठ गए।

‘उषा ने रास्ते में चलते-चलते सोचा, अंधेरा होने से पहले मुझे घर पहुंच जाना चाहिए।’

लेकिन आसमान में अंधेरा छा गया था और पहाड़ियों पर तेज गहरी गड़गड़ाहट होने लगी। उषा को लगा कि बारिश की पहली बड़ी सी बूंद उसके गाल पर लगी है। उसने शॉपिंग बैग को अपने शरीर से चिपका लिया, और उसने अपनी चलने की गति तेज कर दी और फिर वह दौड़ने लगी। अब बारिश की ठंडी बूँदें, बहुत तेजी से नीचे आ रही थीं और छर्रे की तरह चुभ रही थीं। बिजली कड़कने से होने वाली रोशनी से पहाड़ी के खंडहर दिखाई दे रहे थे और उसके पलभर बाद ही फिर से अंधेरा हो गया। रात हो गई थी।

मुझे खंडहरों में शरण लेनी पड़ेगी, उषा ने सोचा और उसने भागना शुरू कर दिया। अचानक हवा फिर तेज हो गई, लेकिन हवा उसके दौड़ने में बाधा नहीं बनी।

अब हवा दौड़ने में मदद करती उसके पीछे थी।

सीधी चढ़ाई में उसकी मदद कर रही थी।

एक बार फिर से बिजली चमकी, उसके बाद गरज के साथ छींटे पड़े। उसे अपने सामने धुंधले-धुंधले खंडहर दिखाई दे रहे थे, वे बहुत ही जर्जर और भयानक लग रहे थे।

उषा को याद आया कि पुरानी छत का एक हिस्सा अभी गिरा नहीं था, वह उसके नीचे आश्रय लेने की सोच रही थी। उसने सोचा आगे जाने से अच्छा होगा कि वह वहीं ठहर जाए।

तेज हवा के कारण वह रास्ता भटक सकती थी या रास्ते में उस पर कोई चट्टान भी गिर सकती थी।

हवा सांय सांय करती हुई दौड़ रही थी। उषा ने देखा जंगली बेर का पेड़ हवा में लहरा रहा है।

पेड़ के पत्ते, जमीन से टकरा रहे थे। लगातार बिजली कड़कने से होने वाली रोशनी की झिलमिलाहट की मदद से उसने खंडहर में अपना

रास्ता खोज लिया। उषा ने अपने हाथों से एक पत्थर की दीवार का सहारा लेकर कोने तक पहुंचने की कोशिश की और आखिरकार वह वहां तक पहुंच ही गई।

अचानक उसके हाथ किसी नरम और रोंएदार चीज पर पड़े और वह चौंक गई और उसके मुंह से एक चीख निकली। उसकी चीख के जवाब में एक दूसरी आधे खर्राटे आधी फटी हुई आवाज सुनाई दी जैसे अंधेरे में कोई चीज उछल रही हो।

उषा समझ गई थी कि उसका हाथ बिल्ली पर पड़ा था, जो इस खंडहर में रहती थी। यह सोचकर उसने राहत की सांस ली। एक पल के लिए वह डर गई थी, लेकिन अब वह तेजी से दीवार के साथ -साथ आगे बढ़ती रही, जब तक कि उसने टिन की छत के अवशेष पर बारिश के गिरने की आवाज नहीं सुनी। वह एक कोने में झुकी, और उसे अपने खड़े होने का ठिकाना मिल गया। लेकिन टिन की चादर बारिश की चोट से इस तरह आवाज कर रही थी, जैसे गहरे दर्द से कराह रही हो, और वह किसी भी समय टूट सकती थी, या तेज हवा के साथ उड़ सकती थी।

उषा को याद आया कि इस खाली कमरे के पार एक पुराना चूल्हा बना हुआ था। शायद उस अवरुद्ध हो चुकी चिमनी के नीचे थोड़ी सुखी जगह बची हुई होगी। लेकिन अभी वह इसे खोजने की कोशिश नहीं करेगी– कहीं इस चक्कर में वह अपना रास्ता ही न भूल जाए।'

उसके कपड़े भीगे हुए थे और उसके बालों से पानी बह रहा था, जिससे उसके पैरों के नीचे पानी जमा हो गया था।

उसने दुबारा बिल्ली या उल्लू के फीके रुदन सुनाई देने पर विचार किया?

फिर तूफान की आवाज में दूसरी आवाजें दब गईं।

उसके पास भूतों के बारे में सोचने का समय नहीं था, लेकिन अब, जब वह एक जगह पर ठहर गई थी, तो उषा को दादाजी की बिजली

गिरने से खंडहर बने घर के बारे में कहानी याद आई। उसने भगवान से प्रार्थना की कि उस पर बिजली न गिरे।

पहाड़ियों पर गड़गड़ाहट हुई। बिजली अब और तेजी से कड़कने लगी थी। फिर बहुत तेज रोशनी हुई और एक पल के लिए पूरा खंडहर जगमगा उठा। उषा सीधे आगे की तरफ देख रही थी, उसे बिल्डिंग के फर्श के साथ एक नीले रंग की लकीर दिखाई दी, और, जैसे ही सामने वाली दीवार पर रोशनी पड़ी, उसे बेकार पड़ी पुरानी चिमनी के सामने, दो छोटी आकृतियां दिखाई दीं– वहाँ दो बच्चे थे!

उषा को लग रहा था जैसे वे दो छोटे बच्चों की भूतिया आकृतियां उसे पीछे मुड़कर देख रही थीं। उसके बाद फिर से गहरा अन्धेरा छा गया था।

उषा का कलेजा, मुंह को आ गया था, वह बहुत घबरा गई थी। जरूर उसे कमरे के दूसरी ओर दो भूत दिखाई दिए थे। अब वह एक मिनट भी इस भूतिया खंडहर में नहीं रहने वाली थी।

वह उस दीवार के बड़े से टूटे हिस्से की ओर भागी, जिससे होकर उसने खंडहर में प्रवेश किया था। वह उस खंडहर के कोने से निकल कर दीवार तक की आधी खुली जगह ही पार कर पाई थी कि तभी कोई उससे टकरा कर गिर गया। उषा सकपका गई, उठी और फिर से किसी चीज से टकरा गई। भयभीत हो उसकी डरावनी चीख निकल गई। सामने वाला भी चिल्लाया। और फिर एक चिल्लाहट हुई, एक लड़के की चीख थी वह, और उषा ने तुरंत आवाज को पहचान लिया।

'सुरेश!'

'उषा!'

'बिन्या!'

वे एक-दूसरे की बाहों में सिमट गए, दोनों अचंभित हुए और उन्हें राहत मिली कि वे हँसते-हँसते एक-दूसरे के नाम दोहरा सकते थे।

तब उषा ने कहा, "मैंने सोचा था कि तुम भूत हो। सुरेश ने कहा, 'हमें लगा कि तुम भूत हो।' 'छत के नीचे आओ,' उषा ने कहा।

वे तीनों एक साथ उसी कोने में छिप गए, और बड़े उत्साह और राहत की सांसें लेते हुए आपस में बातें करने लगे।

'जब अंधेरा हो गया था, तो हम तुम्हें ढूंढते हुए यहां पहुँचे', बिन्या ने कहा 'और फिर एकदम से तूफान आ गया।'

'क्या हम तीनों यहां से भाग चलें?' उषा से पूछा, 'मैं अब यहां पर और नहीं रहना चाहती, अब मुझे यहां पर डर लगने लगा है।'

'हमें सुबह तक इंतजार करना चाहिए,' सुरेश ने कहा, 'और मुझे अब बहुत भूख लगी है!'

तूफान जारी रहा, लेकिन अब उन तीनों को डर नहीं लग रहा था। उन्होंने एक दूसरे को सहज किया और एक दूसरे के भीतर हिम्मत भरी।

यहां तक कि वह खंडहर भी उन्हें अब इतना डरावना नहीं लग रहा था।

एक घंटे के बाद बारिश बंद हो गई, और बिजली कड़कनी भी बंद हो गई थी।

भोर होते ही सीटी की आवाज देने वाली चिड़िया चहचहाने लगी। इसके मीठे, और टूटे हुए संगीत ताल की लय ने खंडहरों को संगीत से भर दिया। जैसे-जैसे आकाश हल्का होता गया, उन्होंने देखा कि बेर का पेड़ फिर से सीधा खड़ा हो गया था, हालांकि उसके सभी फूल झड़ चुके थे।

'चलो चलें,' उषा ने कहा।

खंडहरों से बाहर निकलने के बाद, जब वे पहाड़ी की चोटी पर चल रहे थे, तो उन्होंने देखा कि आकाश, गुलाबी होता जा रहा था। जब वे कुछ दूर तक चले गए थे, तो उषा ने पीछे मुड़कर देखा और कहा, 'क्या तुम्हें दीवार के पीछे कुछ दिखाई दे रहा है? लग रहा है कोई हाथ हिला रहा है।'

'यह तो बेर के पेड़ की चोटी दिखाई दे रही है,' बिन्या ने कहा, 'अलविदा, अलविदा...' उन्होंने आवाजें सुनीं। 'अलविदा' किसने कहा? उषा से पूछा।

'मैंने तो नहीं,' सुरेश ने कहा।

'न ही मैंने,' बिन्या ने भी यही कहा।

उषा ने कहा, 'मैंने किसी को फोन करते सुना।' 'यह तो हवा की आवाज है,' बिन्या ने उसे तसल्ली दिलाई।

उषा ने पीछे मुड़कर खंडहरों की ओर देखा। सूरज ऊपर आ गया था और दीवार के शीर्ष को छू रहा था।

चलो, "सुरेश ने कहा। "मुझे भूख लगी है।'

वे गांव की तरफ दौड़ पड़े।

'अलविदा अलविदा...।'

उषा ने उन्हें फिर से आवाज सुनी, या वह सिर्फ हवा थी या उसका वहम?

13

स्वागत है भली आत्माओ!

1947 में अंग्रेजों ने भारत तो छोड़ दिया, लेकिन उनके भूत यहीं रह गए। देश भर के पुराने डाक बंगलों, विश्राम गृहों, हिल स्टेशनों, छावनी वाले कस्बों और समुद्र तटीय सैरगाहों में यात्रियों को वहाँ रहने वाले किसी साहब या मेमसाहब का सामना करना पड़ सकता है। जो सशरीर नहीं तो आत्मा की तरह यहाँ बने रहना चाहते हैं।

मैं मसूरी के ठीक ऊपर छावनी वाले इलाके, लंढौर में रहता हूँ। पहाड़ी पर बने अधिकतर घर, सौ साल पहले के बने हुए हैं। वाकई उनमें से कुछ घरों की नींव 1820 के दशक में इस हिल स्टेशन की स्थापना के समय रखी गई थी। पुराना कब्रिस्तान हमेशा गिरने वाली बर्फ से उन सैनिकों और अधिकारियों की कब्रों को आश्रय प्रदान करता है, जिन्हें उनके घावों या बीमारियों से स्वस्थ हो जाने के लिए इस सेना सेंटर पर लाया जाता था। सारे सैनिक ठीक नहीं हो पाते थे। मैदानी इलाकों की गर्मी और धूल से बचने के लिए कुछ परिवार भी यहाँ आ जाते थे। मगर यहाँ शिशु मृत्यु दर बहुत ज्यादा थी, यहां के पहाड़ी इला. कों में भी। पहाड़ के किनारों पर माओं और छोटे बच्चों की कब्रें थीं।

कब्रिस्तान के पीछे टहलते समय भूत मिलने की संभावना कम है, लेकिन यहाँ के कई पुराने घर भूतों के करण लोकप्रिय हैं। अभी कुछ दिन पहले सुबह की सैर करते समय, मैं दिल्ली के एक परिवार से मिला, जो गेस्ट हाउस खाली करने की जल्दी में था। और शिकायत कर रहा था कि उन्हें एक रोती हुई स्त्री ने पूरी रात सोने नहीं दिया। जो अपने गुम हुए बच्चे की तलाश में इधर-उधर भटक रही थी। इस डर

से कि वह उनके बच्चों में से किसी एक को लेकर चंपत हो सकती है, उन लोगों ने तुरंत वह जगह खाली कर दी।

मैं एक बहुत पुराने घर में रहता हूँ, हालाँकि मुझे भूत-प्रेतों को देखने का शौक नहीं है, फिर भी कभी-कभार मुझे वे सुनाई दे जाते हैं।

देर रात, मैं अपने शयनकक्ष से सटे बैठक कक्ष में बिना सिर-पैर की बातचीत सुनता हूँ। वहां पर कोई नहीं सोता। फ्लैट के दूसरे छोर पर राकेश और बीना का कमरा है। लेकिन बातचीत कुछ देर तक चलती है, जैसे-जैसे रात गहराती जाती है यह बातचीत काफी जीवंत होने लगती है। बातें तो मेरी समझ में नहीं आतीं, लेकिन ऐसा लगता है जैसे कोई पार्टी चल रही हो, शायद बहुत पहले के समय से चली आ रही कोई क्रिसमस पार्टी, उनकी बातें और हँसी जैसे समय के ताने-बाने में फंस गई हों।

एक रात मुझे भूख लगी, मैं उठा और सामने के कमरे में चला गया, वहाँ जाकर मैंने सारी लाइटें ऑन कर दीं। वहाँ कोई नहीं था। जब मैं अपने कमरे में लौटा, तो पार्टी फिर से शुरू हो गई! शायद यह कोई कोई बहुत ही विशेष पार्टी होगी, जिसमें वे मुझे नहीं देखना चाहते थे।

लेकिन फिर वे नर्म पड़ गए होंगे और उन्होंने मेरे लिए खेद महसूस किया होगा। आज सुबह, जैसे ही मैंने शुरुआती दिसंबर की रोशनी के लिए की सूरज की रोशनी के लिए अपने दरवाजे खोले, मुझे अपने साम. ने के कमरे में टेबल पर एक बड़ा सा क्रिसमस का प्लम पुडिंग मिला।

उस पुडिंग के पास कोई कार्ड या नोट नहीं रखा हुआ था। यह यहाँ पर कैसे पहुंचा और वो भी सभी दरवाजे बंद होने के बावजूद? क्या उन देर रात को आने वाले मेरे डरावने मेहमानों ने इस पुडिंग को मेरे लिए ही तो यहीं तो रख छोड़ा है? मैंने उनमें से कुछ पुडिंग को चखने का सोचा - बस ये सौ साल से अधिक पुराने न हों।

अलबत्ता ये बिल्कुल बढ़िया पुडिंग हैं। इसमें सही मात्रा में ब्रांडी है। मुझे लगता है कि मैं एक और टुकड़ा ले सकता हूँ और अगर आज रात मेरे यहाँ भूतिया पार्टी के लोग फिर से आएंगे तो मैं कोई शिकायत नहीं करूंगा।

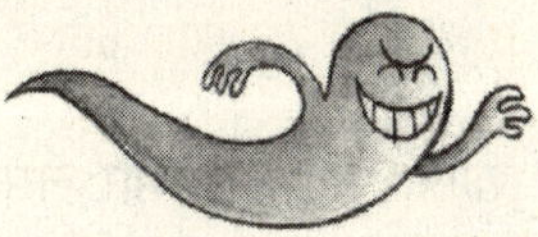

14

हिल स्टेशनों के भूत

शिमला में एक शापित रिक्शा है और लैंसडाउन में एक बिना सिर वाला घुड़सवार और मसूरी में सफेद कपड़ों वाली एक स्त्री, जो देर रात हिल स्टेशन तक घुमावदार सड़क की दीवार पर बैठी रहती है। उसके जाल में फँसने से बचें, उसे लिफ्ट देने के लिए कभी न रुकें। वह आपको अपने जाल में फँसाने की कोशिश करेगी और आपकी छुट्टी बर्बाद कर देगी।

मसूरी के टैक्सी ड्राइवर और दूसरे स्थानीय लोग अक्सर उसे भूत-आंटी कहते हैं। हर किसी ने कभी न कभी उसे ज़रूर देखा है। उसे लिफ्ट देना, जी का जंजाल बन जाता है। उस मनहूस आत्मा का उस जगह पर मौजूद होना, कई दुर्घटनाओं का कारण बन चुका है। वहां पर होने वाली दुर्घटनाओं का जिम्मेदार हमेशा उसे ही ठहराया गया है और जब लोग गिरने या टकराने के बाद खुद सड़क से उठते हैं (या आसपास के लोग उन्हें उठाते हैं), तो भूत-आंटी कहीं दिखाई नहीं देती, हालाँकि दुर्घटनाओं से बचे लोग कसम खाकर विश्वास दिलाते हैं कि वह उनके साथ गाड़ी में थी।

एक बार गणेश सैली, आभा और मैं देर रात देहरादून से वापस आ रहे थे। हमने देखा कि वह सफेद रंग के कपड़ों वाली स्त्री सड़क के किनारे दीवार पर बैठी थी। जैसे ही हमारी गाड़ी की हेडलाइट्स उस पर पड़ी, उसने अपना चेहरा छिपा लिया। चूंकि गणेश एक बहुत ही सज्जन व्यक्ति था, उसने अपनी गाड़ी धीमी कर ली और उस स्त्री को लिफ्ट देने की पेशकश की। वह हमारी ओर मुड़ी, और कुटिल मुस्कान

के साथ मुस्कुराई। वह काफी आकर्षक लग रही थी सिर्फ उसके दांत पिशाच के दांतों की तरह थोड़ा उभरे हुए थे।

'रुको मत!' आभा जोर से चिल्लाई, 'उसकी तरफ देखना भी मत! यह भूत-आंटी है!'

गणेश ने एक्सीलेटर दबाया और उसके पीछे निकल गया। अगले दिन हमने सुना कि एक पर्यटक की कार सड़क से उतर गई और उसमें सवार लोग गंभीर रूप से घायल हो गए। सफेद कपड़ों वाली एक स्त्री को लिफ्ट देने के लिए रुकने के कुछ ही समय बाद वह दुर्घटना हुई थी। लेकिन उन घायल लोगों में वह स्त्री नहीं थी।

जब मैं वेनबर्ग-लन स्कूल के पास रहता था।

तब मिस रिप्ले-बीन, नाम वाली एक बूढ़ी अंग्रेज महिला, मेरी पड़ोसन थीं। उसने मुझे बताया कि उसका परिवार एक उपद्रवी प्रेत का शिकार था जो उसके एक रिश्तेदार की मौत से पहले हमेशा दिखाई देता था।

उन्होंने बताया कि उसके भाई ने उसकी मां की मौत से एक रात पहले उस प्रेत को देखा था और उसने और उसकी बहन ने भी अपने पिता की मौत से पहले उस प्रेत को देखा था। दोनों बहनें एक ही कमरे में एक बिस्तर पर सोई हुई थीं। एक रात वो दोनों अपने बिस्तर के सामने वाली अलमारी से आने वाले एक अजीब से शोर से जाग गईं। उनमें से एक बहन बिस्तर से उठ कर देखने लगी कि कहीं कमरे में कोई बिल्ली तो नहीं है, फिर अचानक से अलमारी का दरवाजा खुला और उसे अलमारी में एक चमकदार सिर दिखाई दिया। वह उलझे हुए खिचड़ीनुमा बालों से ढका हुआ एक सर था।

वह मांसहीन सर उसे देखकर मुस्कुराया। और फिर जैसे ही वे आपस में भय से लिपटीं तो वह गायब हो गया। अगले दिन उन्हें पता चला कि उनके पिता की अचानक से मौत हो गई थी, वह लखनऊ में थे। उनकी मृत्यु लगभग उसी समय हुई थी जब उन दोनों बहनों ने उस मनहूस सिर को देखा था।

भुतहे घरों के बारे में कहानियां सुनना हर किसी को पसंद होता है। जो भूतों को कतई नहीं मानते वे भी भूत की कहानी जरूर सुनते हैं। हालांकि उन्हें उस कहानी की सच्चाई पर संदेह रहता है।

रुडयार्ड किपलिंग ने भारत में रहने वाले कई यादगार भूतों की कहानियां लिखीं- 'द रिटर्न ऑफ इमरे', 'द फैंटम रिक्शा', 'द मार्क ऑफ द बीस्ट', 'एट द एंड ऑफ द पैसेज' - भुतहा डाक बंगला उनका पसंदीदा विषय था। लेकिन इंग्लैंड लौटने के बाद उन्होंने पाया कि वे खुद भी एक भुतहा घर में रह रहे थे इसके बारे में उन्होंने अपनी आत्मकथा 'समथिंग ऑफ माईसेल्फ' में लिखा है।

1896 के वसंत में हम टोरक्वे चले गए थे, वहां पर रहने के लिए हमने एक घर पसंद किया, जो हम सबको बहुत ही अच्छा लगा था। वह घर बहुत ही जीवंत था, जिसमें बड़े-बड़े कमरे थे और सभी कमरों में सूर्य की रोशनी आती थी, घर चारों तरफ से पेड़ों से घिरा हुआ था और घर मैरी चर्च की चट्टानों के नीचे साफ समुद्र की ओर शांत जगह पर बना था। तीस साल पहले उस घर में तीन बूढ़ी नौकरानियां रहती थीं।

उस घर में जब हमें डिप्रेशन ने आ घेरा तब हमें वहाँ किसी भूत के होने का अहसास हुआ। हमारे मन में अंधेरा और दिल में उदासी रहने लगी। हम उस घर के शांत वातावरण में भी अशांत रहने लगे, बिना किसी को इसका जिक्र किए हम हफ्तों तक परेशानी झेलते रहे।

यह सब फेंग शुई - खुद घर की आत्मा थी जिसने धूप को स्याह कर दिया था। इस घर में इतनी रोशनी थी कि जब भी हम घर

के भीतर प्रवेश करते, वह हर समय हमारे ऊपर गिरती जैसे वह हमारे शब्दों को जांच रही हो।

घर में सूर्य की धूप ने काला कर दिया था।

हम अपना एडवांस किराया छोड़ कर चले गए। तीस से भी ज्यादा सालों के बाद हम उस घर के लिए बनाई गई छोटी सी सड़क पर वा. पिस लौट आए और हमने देखा कि ज्यादा कुछ नहीं बदला था, कमरों में वही गहरी निराशा और वही चिंता पसरी हुई थी।

तीस साल बाद, दुबारा, उन्होंने अपनी छोटी कहानी, 'द हाउस सर्जन' में इस घर के बारे में बताया, जिसमें दो बहनें अपनी तीसरी बहन द्वारा आत्महत्या किए जाने के बाद आपस में एक दूसरे से मनमुटाव रखने लगी थीं और जब तक उनके विचार एकमत नहीं हो गए तब तक वे दिन रात मानसिक परेशानी झेलती रहीं, जिसकी वजह से घर का हर कमरा विषादग्रस्त हो गया था।

कई साल पहले मुझे देहरादून के एक घर में ऐसा ही अनुभव हुआ था, जिसमें एक बुजुर्ग अंग्रेज दंपति की उपेक्षा और भुखमरी से मौत हो गई थी। 1947 में, जब कई यूरोपीय निवासी शहर छोड़कर ब्रिटेन में प्रवास कर रहे थे, उन दिनों बहुत से बूढ़े जोड़े गरीबी से पीड़ित, और बीमार थे। उनका कोई यार दोस्त नहीं बचा था। आम जनता ने उन्हें नजरअंदाज कर दिया था। वे घर से बाहर जाकर अपने भोजन और दवा आदि की व्यवस्था नहीं कर सकते थे। इसी वजह से वे अपने बिस्तरों पर ही लेटे रह गए और ये बुजुर्ग मकान मालिक बिस्तर पर पड़े पड़े ही मौत की नींद सो गए- मकान मालिक के मुंशी ने उनकी मौत की खबर उनके मरने के कई दिनों बाद उजागर की।

वह घर सालों तक खाली पड़ा रहा। कोई भी उसमें रहना पसंद नहीं करता था। जब मैं जवान था तब, कभी-कभी उजाड़ मैदानों में घूमता था या किन्हीं ऐसे कच्चे, खाली घरों को देखने लगता था जिनमें थोड़ा बहुत टूटा-फूटा फर्नीचर पड़ा रहता था और जिनके दरवाजे और खिड़कियां

भी टूटे होते थे। और ऐसी जगहों को देख कर मैं बहुत निराश हो जाता था, मेरी मनः स्थिति बेहद खराब हो जाती थी। मुझे तो पक्का मालूम था कि वहां क्या हुआ होगा, ऐसे उजाड़ और वीरान स्थानों और घरों का क्या इतिहास रहा होगा, और हो सकता है कि उन स्थानों का मुझ पर कुछ प्रभाव भी पड़ा हो। लेकिन जब मैं अपने एक दोस्त जय शंकर को उस घर में ले गया तो उसने मुझे बताया कि उसे बहुत बैचेनी हो रही है और अंदर से डर की अनुभूति हो रही है। 'रस्किन, तुम मुझे इस मनहूस और डरावने घर में क्यों लाए?' मेरे दोस्त ने कहा, 'मुझे पक्का यकीन है कि यह घर प्रेतवाधित है?' और तभी मैंने उसे उस त्रासदी के बारे में बताया जो इस घर की दीवारों के भीतर हुई थी।

आज उस घर को सरकारी कार्यालय बना दिया गया है। एक गोरखा चौकीदार रात को इसकी रखवाली करता है इसके अलावा इसमें कोई नहीं रहता है। चौकीदार मजबूत कद-काठी का आदमी है वह घर के पीछे वाले बरामदे में सोता है। चौकीदार को वहां का माहौल बिलकुल भी परेशान नहीं करता। लेकिन रात में उसे अजीब आवाजें सुनाई देती हैं। 'रात में मुझे लगता है, जैसे कोई ऊपर की मंजिल पर रेंग रहा हो, और कभी-कभी लगता है जैसे कोई कराह रहा है,' ऐसा उसने मुझे बताया। इस तरह के सभी पुराने घरों में अक्सर शोर-शराबा होता रहता है...।'

मुर्दाघर को आमतौर पर शोरगुल वाली जगह नहीं माना जाता है। और मुर्दाघर के चौकीदार के मूक साथी तो सिर्फ लाशें ही होती हैं।

झोपड़ी के ठीक पीछे रहने वाले बूढ़े, मिस्टर जैकब, कभी स्थानीय मिशन अस्पताल के मुर्दाघर में चौकीदार थे। उन दिनों यह यहां से लगभग सौ मीटर की पहाड़ी पर सनी बैंक में स्थित था। एक आउटहाउस को मुर्दाघर के रूप में काम में लिया जाता था: मिस्टर जैकब मुझसे मिन्नतें करते थे कि मैं इसके बारे में किसी को न बताऊँ।

जब जैकब मुर्दाघर में नाइट ड्यूटी कर रहा था तब उसे एक भयानक अनुभव हुआ था, उसने मुझे उस अनुभव के बारे में बताया।

'एक युवक का शव लंढौर के पीछे अगर नदी में तैरता हुआ मिला था। और जब मैं रात की ड्यूटी पर था तब उसे दो व्यक्ति मुर्दाघर लाये। उस लाश को एक मेज पर रख कर उसे एक चादर से ढक दिया गया।

'मैं तो कई प्रकार की लाशों को देखने का आदी हो गया था और अंधेरा होने के बाद भी उनके साथ एक ही कमरा साझा करने में मुझे कोई परहेज नहीं होता था। एक बार मेरे मित्र को मेरे पास मिलने आना था। मैं उसके आने का इन्तजार कर रहा था और समय बिताने के लिए मैं एक लोकप्रिय धुन बजाते हुए कमरे में टहल रहा था। जहां तक मुझे याद है कि मैं 'डैनी बॉय' आयरिश गाना गुनगुना रहा था। मेरे दोस्त को आने में काफी समय लग गया, और मैं सीटी बजाते-बजाते जल्द ही थक गया और मेज के पास बेंच पर बैठ गया। हालाँकि रात बहुत शांत थी, लेकिन मुझे बेचौनी होने लगी। मैं उस युवा लड़के के बारे में सोचने लगा जो डूब गया था, और जिसकी लाश मेज पर पड़ी हुई थी। मैं सोच रहा था कि जब जिंदा था तो वह कैसा रहा होगा। लाशें कितनी उदासीन होती हैं...।

मुर्दाघर में बिजली नहीं थी, बस एक मिट्टी के तेल का दीपक था। और मैंने देखा कि कुछ देर बाद लौ बहुत धीमी पड़ गयी। जैसे ही मैं इसकी लौ बढ़ाने चला तो अचानक दीपक बुझ गया। मैंने बत्ती बढ़ाकर फिर से दीपक जलाया। और बेंच पर लौट आया, लेकिन मैं वहां ज्यादा देर तक नहीं बैठ पाया कि दीपक फिर से बुझ गया, और मुझे अहसास हुआ कि कोई चुपचाप मेरे पास से होकर आगे निकला है।

'मेरा जी मिचलाने लगा और मुझ पर बेहोशी सी छाने लगी और मेरे दिल की धड़कन इतनी बढ़ गई कि मैं उन्हें सुन सकता था। मेरे पैरों की ताकत खत्म हो चुकी थी नहीं तो मैं उसी समय कमरे से भाग जाता। मैं काफी कमजोर और असहाय महसूस कर रहा था और किसी को पुकार भी नहीं पा रहा था...।

'उस समय वे पाँव मेरे निकट और बहुत ही निकट आ रहे थे। कोई ठंडी और बर्फीली चीज मेरे एक हाथ को छू गई और मेरी गर्दन और गले की तरफ जाती महसूस हुई। मुझे लगा कि वह मेरे पीछे था, और फिर वह मेरे सामने था। इसके बाद वह मेरे ऊपर था। आखिरकार मैं लाश की गोद में था!

मैं बेहोश हो गया था। क्योंकि जब मैं उठा तो मैं फर्श पर था और मेरा दोस्त मुझे होश में लाने की कोशिश कर रहा था। लाश वापस मेज पर दिखाई दी।

'यह एक बुरा सपना हो सकता है,' मैंने उसे सुझाया, 'या फिर तुम्हारी कल्पना को पंख लग गए होंगे?'

'नहीं,' मिस्टर जैकब ने कहा, 'मेरे कपड़ों पर गीले, चिपचिपे निशान थे और लाश के पैर फर्श पर गीले पैरों के निशान से मेल खा रहे थे।'

इस अनुभव के बाद मिस्टर जैकब ने मुर्दाघर में रात की ड्यूटी करने से इनकार कर दिया।

चकराता का भूत

पांवटा के पास हरबर्टपुर से आप कलसी तक जा सकते हैं, और फिर पहाड़ी पर बनी सड़क से चकराता तक जा सकते हैं।

चकराता एक प्रतिबंधित क्षेत्र है। इसका अधिकांश भाग पर्यटकों के लिए नहीं है। यही एक वजह है कि यह अपने अस्तित्व के 150 वर्षों के बाद भी बदला नहीं है, ज्यों का त्यों है। इस छोटे से शहर की आ. बादी 1500 है और आज भी वैसी ही है जैसी 1947 में थी- शायद यह भारत का एकमात्र ऐसा शहर है जिसने जनसंख्या वृद्धि दर्ज नहीं हुई है।

एक बार मुझे एक सरकारी अधिकारी के सौजन्य से, शहर के बाहरी इलाके में वन विश्राम गृह में रहने का सौभाग्य मिला। यह एक नया भवन है। पुराना विश्राम गृह थोड़ा सा ढलान पर था और वह

बेकार हो चुका है। चौकीदार ने मुझे बताया कि पुराना विश्राम गृह भूतों का बसेरा था, यही कारण था कि इसे छोड़ दिया गया। मैं इस बात को लेकर थोड़ा संशय में था और पूछा कि उसमें किस तरह का भूत था, और उसे किसने देखा या महसूस किया था। उसने मुझे बताया कि वह खुद पुराने घर में एक भयावह अनुभव से गुजरा था, एक रात वह कुछ वन अधिकारियों के लिए आग जलाने के लिए वहां गया था। आग जलाने के बाद जब उसने चारों ओर नजर घुमाई तो देखा कि एक जंगली बिल्ली जैसा एक बड़ा काला जानवर लक. ड़ी के फर्श पर बैठा था और लगातार आग को देख रहा था। 'मैंने इसे यह सोचकर बुलाया कि यह किसी का पालतू जानवर होगा।' वह मुड़ा और उसने मेरी तरफ ठीक से देखा। उसकी आँखें इंसानों जैसी थीं, और उसका चेहरा एक बदसूरत स्त्री का चेहरा था। वह जीव मुझ पर झपटा, और उसने गुस्से से गरजा और फिर वह गायब हो गया!'

'और तुमने क्या किया?' मैंने पूछ लिया।

'मैं भी वहां से गायब हो गया,' चौकीदार ने कहा, 'मैं फिर उस घर में कभी नहीं गया।'

मैंने पुराने घर में सोने के लिए अपनी इच्छा से मना नहीं किया बल्कि नए आरामदायक घर में रहना चाहता था, जहां मुझे उम्मीद थी कि मैं किसी प्रेत से परेशान नहीं होऊंगा। हालांकि, एक बड़े चूहे ने मेरा साथ दिया, वह ट्रंक के लकड़ी के हिस्से को कुतर रहा था। जब भी मैं लाइट ऑन करता तो वह चुप हो जाता था, लेकिन जैसे ही लाइट बंद होती, वह फिर से लकड़ी कुतरने लगता।

इसे देख मुझे एक बूढ़ी मिस केलनर (देहरादून में मेरा बचपन) की कहानी याद आ गयी। उन्होंने मुझे एक युवक के बारे में बताया था, जो एक ऐसी लड़की से बेहद प्यार करता था जिसे उसकी परवाह नहीं थी। एक दिन, जब वह गली में उसका पीछा कर रहा था, तो उसने उसकी ओर मुंह किया और एक चूहे की ओर इशारा करते हुए, जिसे

कुछ लड़कों ने अभी-अभी मारा था, कहा, 'मैं तुमसे शादी करने के लिए जल्द ही उस चूहे से शादी कर लूंगी।'

उस युवक ने उस लड़की के कठोर शब्दों को इतना दिल पर ले लिया कि वह सूख कर कांटा हो गया और मर गया। उसकी मृत्यु के बाद लड़की को रात में एक चूहे के प्रेत ने परेशान किया। वह उसे काट लेता था। जब परिवार ने कहीं बसने का फैसला किया तो उन्होंने लंदन जाने का फैसला किया। वहाँ न जाने के लिए बॉम्बे गए जहां से उन्हें जहाज पकड़ना था।

जहाज अभी-अभी घाट से निकला ही था कि तभी घाट से चिल्लाने और शोर की आवाजें सुनाई दी भीड़ तितर-बितर हो गई, और उग्र आँखों वाला एक बड़ा सा चूहा घाट के अंत तक दौड़ा। वह वहीं बैठ गया, क्रोध से चिल्लाया, फिर पानी में कूद गया और गायब हो गया। उसके बाद (मिस केलनर के अनुसार), लड़की फिर से कभी प्रेतवाधित नहीं हुई।

पुराने डाक बंगलों और वन विश्राम गृहों का प्रेतवाधित होना आम बात है। और अधिकांश हिल स्टेशनों के निवासी भूत हैं- और भूत लेखक! लेकिन मैं भूतों की और यात्राओं की सूची का विस्तार नहीं करूँगा, क्योंकि मैं पर्यटकों को लंढौर और मसूरी जाने से हतोत्साहित नहीं करना चाहता। कुछ देशों में भूत पर्यटकों के लिए एक अतिरिक्त आकर्षण हैं। ब्रिटेन में सैकड़ों प्रेतवाधित महल और आलीशान घर हैं। और रोमानिया के आगंतुक ट्रांसिल्वेनिया और ड्रैकुला के महल की तलाश करते हैं। तो क्या हम भूत-आंटी को पर्यटकों को आकर्षित करने के लिए बढ़ावा देते हैं। बस वह बदल जाए और मसूरी की ओर जाती गाड़ियों को हेयरपिन मोड़ से भटकाना बंद कर दे।

15

एक व्यक्ति जिसका नाम किपलिंग था

मैं लंदन में विक्टोरिया और अल्बर्ट संग्रहालय के भारतीय विभाग के एक बेंच पर बैठा हुआ था, तभी लंबे, झुके हुए से एक बुजुर्ग सज्जन मेरे पास आकर बैठ गए। उसकी कुछ खास सी दिखाई देने वाली चीजें, जैसे घनी मूंछों और सींग जैसे किनारे वाले चश्मे पर मैंने हल्की सी नजर डाली। उनके चेहरे पर कुछ जाना-पहचाना और परेशान करने वाला-सा था और मैं उन्हें दुबारा देखने से नहीं रोक पाया।

मैंने देखा कि वह मुझे देखकर मुस्कुरा रहे थे।

'क्या आप मुझे जानते हैं?' उन्होंने मीठी-मधुर सी आवाज में पूछा।

मैंने कहा, 'शायद, आप कुछ पहचाने से लग रहे हैं, क्या हम पहले कहीं पर मिल चुके हैं?'

'हो सकता है, लेकिन अगर मैं आपको परिचित लग रहा हूँ, तो कम से कम कोई बात तो है। आजकल परेशानी यह है कि लोग मुझे कुछ ज्यादा नहीं जानते। उनके लिए मैं बस एक परिचित हूँ। बहुत पुराने ख्यालों वाला एक व्यक्ति बस।'

मुझे थोड़ी हैरानी हुई, मैंने पूछा, 'आप इन दिनों क्या कर रहे हैं?'

'एक समय मैंने कुछ किताबें लिखी थीं। कविताओं और किस्सों की... बताओ, तुम किनकी किताबें पढ़ते हो?'

'अच्छा, मौघम, प्रीस्टली, थर्बर और पुराने लेखकों में, बेनेट और वेल्स- 'उन्हें यह बताते हुए मैं झिझक रहा था और महत्त्वपूर्ण नामों को याद कर रहा था कि मैंने देखा कि एक छाया, एक उदास सी छाया, मेरे उन दोस्त के चेहरे पर से गुजर रही थी।

'ओह, हाँ, और किपलिंग भी, मैंने किपलिंग को बहुत पढ़ा है,' मैंने कहा।

यह नाम सुनकर उनका चेहरा तुरंत चमक उठा और उनके मोटे लेंस वाले चश्मे के पीछे से झाँकती हुई उनकी आँखों में अचानक से जान आ गई।

'मैं ही किपलिंग हूँ,' उन्होंने कहा।

मैंने हैरानी से उनकी तरफ देखा और फिर मन ही मन यह महसूस करते हुए कि उन्हें इस तरह देखना शायद खतरनाक हो सकता है, मैं मंद-मंद मुस्कुराने लगा और कहा, 'अच्छा... हाँ?'

'आप शायद मुझ पर विश्वास नहीं करोगे। निश्चय ही मैं मर चुका हूँ। इसलिए मैं ऐसा सोच रहा हूँ। और आप भूतों में विश्वास नहीं करते होंगे?'

'दस्तूर के अनुसार नहीं।'

'लेकिन अगर वह आपके साथ हो तो आपको उससे बात करने में कोई आपत्ति नहीं होगी?'

'मुझे कोई आपत्ति नहीं होगी। लेकिन मैं यह कैसे मान लूँ कि आप किपलिंग हैं? मैं कैसे समझूँ हूँ कि आप कोई धोखेबाज नहीं हो?'

'फिर सुनो मेरी बात:

जब स्वर्ग, लहू में तब्दील हो गया था,
जब अँधेरा मेरे हृदय में भर आया था,
सबसे दूर, लेकिन सबसे वफादार,
वह अकेला सितारा जिसे मैंने साँचे में ढाल लिया
जिसे मैंने अपने से दूर कर दिया था
मैंने अपने आप से प्यार किया था, और
मैं न जीता हूँ और न मुझमें मरने की हिम्मत है

'एक बार', उन्होंने मेरा हाथ पकड़कर, सीधा मेरी आँखों में देखते हुए कहा, 'मैंने अपने जीवन में एक बार एक तारे को देखा; लेकिन मैंने सीटी बजाकर उसे जाने का इशारा किया।'

मैंने अचानक मुड़ते हुए कहा, 'आपका सितारा अभी गिरा नहीं है, अचानक से मुझे पक्का विश्वास हो गया था कि मैं किपलिंग के ही पास बैठा हूं। 'कभी किसी रोज, विदेश प्रवास के समय जब मुझे रोमांच की कोई नई भावना चाहिए होगी तब मैं आपको फिर से खोजूँगा।'

'लोग इतने लंबे समय से मेरा तिरस्कार क्यों कर रहे थे?'

'मुझे लगता है, आप बहुत आक्रामक थे इसीलिए। किसी साम्राज्य के राजा से भी बहुत ज्यादा। आप स्वयं में काफी देशभक्त थे।'

वह थोड़ा आहत से दिखाई दिए। उन्होंने कहा, 'मैं कभी भी बहुत राजनीतिक नहीं रहा। 'मैंने छह सौ से अधिक कविताएँ लिखीं थीं, उनमें से केवल एक दर्जन को आप राजनीतिक कविता कह सकते है। मुझे अंग्रेजों की महानता और जिम्मेदारी-बोध वाले विषयों पर कायम रहने के चलते गालियाँ दी गयीं। मगर मेरा एकमात्र उद्देश्य अपने पाठकों को अपना साम्राज्य दिखाना था और मेरा मानना था कि मेरा प्रभुत्व एक अच्छी और महान चीज है। क्या किसी बात पर विश्वास करना गलत है? यह सच है कि मैं कभी भी राजनीतिक मुद्दों की गहराई में नहीं गया। आपको याद होगा, मेरे भारत प्रवास के दिन बहुत युवापन के दिन थे। उस समय मेरी उम्र बीस के आसपास थी, थोड़ी कच्ची-सी उम्र, अगर आप कहें तो भारत में मेरी दिलचस्पी ऐसी थी जैसी एक युवक की होती है।

इन गतिविधियों ने मुझे कई दूसरी चीजों से अधिक आकर्षित किया। आपको यह समझना चाहिए।'

'किसी भी लेखक ने इन गतिविधियों या भारत का अधिक स्पष्ट रूप से वर्णन नहीं किया है। मैं किम के साथ जहाँ भी जाता हूँ, ग्रैंड

ट्रंक रोड पर, बनारस के मंदिरों में, सहारनपुर के फलों के बगीचों के बीच, बर्फ से ढके हिमालय पर, उसी जैसा महसूस करता हूँ। किम के पास रंग और गति और कविता है।'

उन्होंने आह भरी, और उनकी आँखों में आश्चर्य का भाव आ गया।

निश्चित ही मैं पूर्वाग्रह से ग्रसित व्यक्ति हूं, मैं बोलता रहा। मैंने अपना अधिकतर समय भारत में बिताया है– आपके जैसा भारत देश, मेरा भारत नहीं है, लेकिन यह एक ऐसा भारत है जिसमें अभी भी वैसे बहुत सारे रंग और वातावरण हैं जिसे आपने अपने लेखन में कैद किया है। आप जानते हैं, मिस्टर किपलिंग, आप अभी भी एक तीसरी श्रेणी की रेलवे गाड़ी में बैठ सकते हैं। और सबसे अद्भुत किस्म के लोगों से मिल सकते हैं। किसी भी गांव में आप जाएँ तो अभी भी आपको वही शिष्टाचार, गरिमा और साहस मिलेगा जो कभी लामा और किम को उनकी यात्राओं में मिला था।'

'और ग्रैंड ट्रंक रोड? क्या अब भी यहाँ एक लंबा घुमावदार जुलूस होता है?'

'अम्म, वैसा नहीं, मैंने थोड़ा उदास होते हुए कहा, 'अब यहाँ पर सिर्फ वाहनों का जुलूस है। यदि ग्रैंड ट्रंक रोड पर कोई बेचारा लामा बहुत अधिक सपने देखने लगेगा तो कोई ट्रक उसे कुचल देगा। समय बदल गया है। मिसाल के तौर पर शिमला में मिसेज हॉक्सबीज नहीं हैं।'

किपलिंग की आँखें सुदूर देख रही थीं। शायद वह अपने आप को फिर से एक लड़के के रूप में कल्पना कर रहे थे या शायद वह राजपूताना की पहाड़ियों या लाल धूल को देख रहे थे या शायद वे प्रा. इवेट्स मुलवेनी और ऑर्थेरिस के साथ कोई निजी बातचीत कर रहे थे, या शायद वह सियोन्स वुल्फ-पैक के साथ शिकार कर रहे थे। कांच के दरवाजों से लंदन के वाहनों की आवाजें हमारे पास आ रही थीं। लेकिन हम केवल बैलगाड़ी के पहियों की चरमराहट और दूर की बांसुरी का संगीत सुन रहे थे।

वे खुद से बातें कर रहे थे, अपनी एक कहानी के अंश को दोहरा रहे थे।

और किसी अनजाने अनदेखे गाँव से लकड़ी के धुएं, गोबर के उपलों, टपकते हुए छोटे से जंगल और सड़ते हुए पाइन फलों की गंध, दोपहर की हवा के आखिरी कश से आ रही थी।

यही है हिमालय की असली महक। और अगर एक बार यह इंसान के लहू में रेंगने लगती है तो वह इंसान बाकी सब भूलकर यहीं पर अपनी अंतिम सांस लेने के लिए इन पहाड़ियों पर लौट आता है।

ऐसा लगता है कि हमारे बीच धुंध बढ़ गई है - या यह धुंध सड़कों से चली आई है? - और जब यह धुंध साफ हो गई तो मैंने देखा कि किपलिंग चले गए थे।

मैंने गेटकीपर से पूछा कि क्या उसने एक लंबे, थोड़े झुके हुए, चश्मा पहने किसी व्यक्ति को देखा है?

'नहीं,' उसने कहा, 'पिछले दस मिनट से कोई नहीं गया।'

'क्या कुछ देर पहले गैलरी में ऐसा कोई आया था?'

'मुझे कुछ याद नहीं। आपने क्या नाम बताया उस व्यक्ति का?'

'किपलिंग,' मैंने कहा।

'क्या तुम उन्हें नहीं जानते।'

'क्या तुमने कभी जंगल बुक नहीं पढ़ी?'

'कुछ सुनी हुई सी लगती है। टार्जन जैसी हैं न?'

मैं संग्रहालय से चला आया और काफी देर तक सड़कों पर घूमता रहा लेकिन मुझे किपलिंग कहीं नहीं मिले। क्या यह लंदन के यातायात का कोलाहल था जो मैंने सुना था या सतलुज नदी का उछाल, जो घाटियों के जरिए दौड़ रहा था?

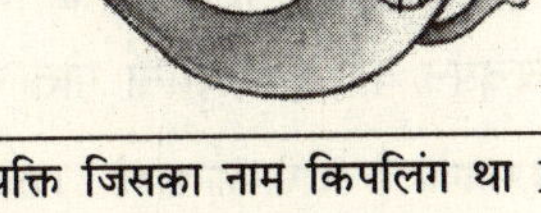

16
साया और सीटी

चांद करीब-करीब पूरा गोल ही था। चांदनी की उजास सड़क पर बिखरी हुई थी। लेकिन पेड़ों के साये मेरा पीछा कर रहे थे, बलूत की टेढ़ी-मेढ़ी शाखाएं जैसे मेरी ओर हाथ बढ़ा रही थीं - कुछ डराने वाले अंदाज में, और कुछ इस तरह जैसे उन्हें किसी के साथ की चाहत हो।

एक बार मैंने सपना देखा कि पेड़ चल पा रहे हैं। इस तरह चांदनी रातों को वे कुछ देर के लिए खुद को एक जगह से उखाड़ लेते हैं, और एक-दूसरे से मिलने जाते हैं, बीते दिनों की बात करते हैं- खासतौर से पुराने पेड़, क्योंकि उन्होंने तमाम पुराने लोगों को देखा है और जो कुछ घट रहा था उसके गवाह रहे हैं। और फिर, भोर होने से पहले, वे उस जगह पर लौट आते हैं, जहां खड़े रहना उनके लिए सजा जैसा था। अकेलेपन से जूझते रात के पहरेदार। और यह उनके चहलकदमी करने के लिए एक अच्छी रात थी। वे ऐसा करने के लिए उतावले भी दिखाई दे रहे थे: पत्तों में एक बेचौनी भरी सरसराहट थी, शाखाओं में चरमराहट - ये वह आवाजें थीं जो रात के सन्नाटे में उनके अंदर से निकलती थीं।

अंधेरे में कभी-कभी टहलने के लिए निकले दूसरे लोग मेरे पास से गुजरते थे। अभी कोई ज़्यादा देर नहीं हुई थी, सिर्फ आठ बज रहे थे, और कुछ लोग अपने घर जा रहे थे। दूसरे लोग रोशनी की चकाचौंध, दुकानों और रेस्तरां के जायके के लिए शहर की ओर चले जा रहे थे। अंधेरी सड़क पर मैं उन्हें पहचान नहीं सकता था। न ही किसी ने मुझे पहचाना। मुझे अपने बचपन का एक पुराना गीत याद आ गया। मैंने हौले

से धुन को गुनगुनाना शुरू कर दिया, और जल्द ही मुझे उसके बोल भी याद आ गये:

गिनती के हम तीन

न दोस्त-यार न मेला।

बस मेरे बोलों की गूंज,

मेरा साया, और मैं अकेला।

मैंने अपने साये पर नजर डाली, जो चुपचाप मेरे साथ-साथ चल रहा था। हम अपनी परछाई के वजूद को अक्सर नजरअंदाज कर देते हैं, है न? जो सारी जिंदगी, बिना शिकायत हमारा साथ देती है, हमारी निभाई हर जिम्मेदारी और हम से होने वाली हर चूक की मूक गवाह होती है, लेकिन कुछ भी करने से लाचार! चांदनी में नहायी इस रौशन रात को मैं तुम्हारी तरफ ध्यान देने से खुद को रोक नहीं सका, ऐ मेरी छाया, मुझे अफसोस है कि तुम्हें इतना कुछ देखना पड़ा जिससे मैं शर्मिंदा हूँ; लेकिन मुझे इस बात की खुशी भी है कि जब मुझे छोटी-छोटी कामयाबी मिली तब भी तुम मेरे साथ थीं।

और दूर किसी चीज से टकरा कर आने वाली मेरी आवाज का क्या? यह देखने के लिए कि मेरी आवाज लौट कर मेरे पास आती है, मैंने जोर से अपना नाम पुकारने के बारे में सोचा; लेकिन मैंने ऐसा करने से परहेज किया, क्योंकि मैं पहाड़ों की खामोशी या पेड़ों की आपसी गुफ्तगू में किसी तरह की रुकावट नहीं पैदा करना चाहता था।

सड़क पहाड़ पर लिपटती नीचे से ऊपर तक जाती थी और ऊपर जाकर समतल हो जाती थी, जहां वह देवदार के ऊंचे पेड़ों के बीच उलझ कर रह गयी चांदनी की एक पट्टी जैसी लगती थी। एक उड़ने वाली गिलहरी एक पेड़ को छोड़कर सड़क के पार दूसरे पेड़ पर जा पहुँची। एक परिंदे ने पुकार लगायी। फिर खामोशी जा गयी।

अब मैं पुराने कब्रिस्तान पर आ पहुँचा था। बहुत सारी पुरानी कब्रें थीं- कुछ बड़ी और बनावट में खास - और कुछ हाल की कब्रें भी थीं, क्योंकि कब्रिस्तान अभी भी इस्तेमाल में था। उनमें से एक पर मुझे बिखरे हुए फूल दिखाई दे रहे थे - कुछ जाते मौसम के डहेलिया और सुर्ख लाल साल्विया। कुछ आगे, कब्रिस्तान के दूसरे छोर के पहले, मानसून की मूसलाधार बारिश से चारदीवारी का एक हिस्सा ढह गया था। कुछ कब्रों के पत्थर दीवार के साथ नीचे आ गये थे। एक कब्र खुल गयी थी। कभी आपकी और मेरी तरह जीने और अपनों को प्यार करने वाले एक शख्स उसमें दफन था। उसकी यादगार के नाम पर अब अगर कुछ बचा था तो वह था एक सड़ा-गला ताबूत और यहां वहां बिखरी कुछ हड्डियां।

कब्र के सिरहाने के पत्थर का एक हिस्सा अपनी जगह से खिसक कर सड़क के किनारे तक आ गया था, लेकिन उस पर लिखा मिट चुका था। मैं कोई बीमार सोच वाला इंसान नहीं हूँ, लेकिन न जाने कौन सी ताकत काम कर रही थी, कि मैंने झुक कर हड्डी का एक चिकना, गोल सा हिस्सा उठा लिया, जो शायद खोपड़ी का हिस्सा था। फिर मेरी मुट्ठी बंध गयी, और हड्डी भुरभुरा कर चूर-चूर हो गयी। मैंने उसे घास पर गिर जाने दिया। इस तरह मिट्टी में मिल गयी मिट्टी। और फिर कहीं से, ज्यादा दूर से नहीं, किसी के सीटी बजाने की आवाज आयी।

पहले तो मुझे लगा कि वह देर शाम को चहलकदमी करने वाला कोई और घुमक्कड़ होगा, जो अपने में खोया वैसे ही सीटी बजा रहा है जैसे मैं अपना पुराना गीत गुनगुना रहा था। लेकिन सीटी बजाने वाला काफी तेजी से मेरे करीब आ पहुँचा। उसकी सीटी की आवाज दमदार और जोशीली थी। लड़का साइकिल चलाता तेजी से निकल गया। सड़क पर पड़ती परछाइयों के बीच से उसकी साइकिल गुजरी तो मुझे उसकी एक झलक भर मिल पायी।

लेकिन वह कुछ ही मिनट में वापस आ गया। इस बार वह मुझसे कुछ फीट दूर ही रुक गया, और मुझे देख कर एक हल्की सी सवालिया

मुस्कान बिखेरी। चौदह या पंद्रह साल का सांवला सा दुबला-पतला लड़का। उसने स्कूल की वर्दी वाला ब्लेजर पहना हुआ था, और गले में पीले रंग का स्कार्फ। उसकी आंखों में जैसे चांदनी का सैलाब था।

'तुम्हारी साइकिल में घंटी नहीं लगी है,' मैंने कहा।

उसने कुछ नहीं कहा, बस थोड़ा सा सिर एक तरफ झुकाया और मुझे देखकर मुस्कुरा दिया। मैंने यह सोच कर अपना हाथ उसकी ओर बढ़ाया कि वह उसे थाम लेगा। लेकिन अचानक, उसी पल, वह पलटा और उमंग से भरी एक अनजान धुन में सिटी बजाता वहां से चला गया। सीटी बजाने का शौकीन स्कूली बच्चा। हालांकि उसे इस वक्त घर से बाहर नहीं होना चाहिए था, लेकिन वह अपने आप में मस्त रहने वाला बच्चा लग रहा था।

सीटी की आवाज फीकी पड़ती गयी, और फिर बिल्कुल गायब हो गयी। जंगल में एक ऐसा गहरा सन्नाटा छा गया, जिसके आगे कोई आवाज न टिक पाये। मेरा साया और मैं घर की ओर चल पड़े।

अगली सुबह एक अलग तरह की सीटी से मेरी नींद खुली - मेरी खिड़की के बाहर एक बुलबुल कुछ सुना रही थी।

यह एक बेहद खुशनुमा दिन था, धूप गुनगुनी और अंग-अंग में मदहोशी भर देने वाली थी, और मेरा जी चाहता था कि बाहर हवाखोरी करने चला जाऊं। लेकिन काम करना था, छापेखाने के प्रूफ पढ़ने थे, खत लिखने थे। और फिर कई दिन बाद कहीं जाकर मैं पहाड़ी की चोटी पर, देवदार के पेड़ों की छांव में, उस सुनसान जगह पर, उस आरामगाह तक जा सका। मुझे यह बात बेहद अजीब लग रही थी कि जिन लोगों को चमचमाती बर्फ से ढकी चोटियों के सबसे खूबसूरत नजारे नसीब थे, वे सभी जमीन में कई फीट नीचे दफन थे।

मरम्मत का कुछ काम चल रहा था। कब्रिस्तान की चारदीवारी को ठीक किया जा रहा था, लेकिन ठेकेदार ने मुझे बताया कि टूटी हुई कब्र को ठीक करने के लिए रकम नहीं हैं। चौकीदार की मदद से मैंने बिखरी हुई हड्डियों को टूटी हुई कब्र के दरके हुए ईंट-गारे के

नीचे बनी खोखली सी जगह में समेट दिया, और उसे कुछ पैसे दिये ताकि वह खुली कब्र की मरम्मत कर सके। कब्र के पत्थर पर लिखा नाम मिट चुका था, लेकिन मुझे करीब 50 साल पहले की तारीख- 20 नवंबर 1950 नजर आ गयी, जो कि कब्र के पत्थरों के लिहाज से बहुत पुरानी बात नहीं थी।

चर्च के पादरियों के सामान वाले कमरे में मुझे वह रजिस्टर मिल गया जिसमें कब्रिस्तान में दफनाये गये लोगों का ब्यौरा दर्ज किया जाता था। उसके पीले पड़ते पन्नों को उल्टते-पलटते हुए सन् 1950 में पहुँच गया, जब मैं खुद एक स्कूल जाने वाला बच्चा था। मुझे वहां वह नाम मिल गया- माइकल दत्ता, उम्र पंद्रह साल-और मौत की वजह- सड़क दुर्घटना।

खैर, यह सिर्फ मेरा अंदाजा था, और इस अंदाजे को पक्का करने के लिए मुझे किसी ऐसे बुजुर्ग शख्स की जरूरत थी जिसे उस लड़के या उसके साथ हुआ हादसा याद हो।

पाइन टॉप पर रहती थीं बुजुर्ग मिस मार्ले। वुडस्टॉक स्कूल की एक रिटायर्ड टीचर। उनकी याददाश्त जबरदस्त थी, और वे आधी सदी से भी ज़्यादा वक्त से इसी जगह रह रही थीं।

सफेद बाल और चिकने गालों वाली मिस मार्ले की चमकदार नीली आंखों में कुछ और जानने की ललक साफ दिखाई देती थी। उन्होंने पुराने जमाने के नाक पर टिकने वाले बिना कमानी के चशमे के पीछे से मुझे दुलार से देखा।

'माइकल बड़ा प्यारा बच्चा था- जोश से भरा। जो कहो वह करने को हमेशा तैयार रहता था। सिर्फ इस बात का जिक्र कर देना कि मुझे एक अखबार या एस्पिरिन की गोली की जरूरत है, और वह अपनी साइकिल पर सवार होकर लेने चला जाता था। पहाड़ की इन खड़ी चढ़ाई और ढलान वाली सड़कों पर फर्राटे से साइकिल चलाता था। लेकिन पहाड़ की सड़कें जिन पर कहीं भी अचानक ही मोड़ आ जाते हैं, सरपट साइकिल दौड़ाने के लिए नहीं होतीं। उन दिनों यहां की सड़कों को मोटर गाड़ियों के लिए चौड़ा किया जा रहा था, और मलबे से भरा

हुआ एक ट्रक ऊपर की ओर आ रहा था, कि तभी एक अंधे मोड़ पर माइकल सिर के बल बुरी तरह उससे जा टकराया।

उसे अस्पताल ले जाया गया, और डॉक्टरों ने अपनी तरफ से पूरी कोशिश की, लेकिन फिर उसे होश नहीं आया। हो न हो तुमने उसी की कब्र देखी होगी। इसलिए तुम यहां आये हो। उसके माता-पिता? जल्द ही वे भी यहां से चले गये। शायद विदेश चले गये, ... एक प्यारा सा लड़का, माइकल, बस जरा लापरवाह सा। मुझे लगता है कि तुम भी उसे पसंद करते।'

फिर कुछ समय वह साइकिल सवार लड़का मुझे नजर नहीं आया, हालांकि मैंने एक बार नहीं, कई बार उसे अपने आसपास महसूस किया। और जाड़े की एक ठिठुरन भरी शाम, जब मैं उस सुनसान कब्रिस्तान के पास से गुजरा, तो मुझे लगा जैसे मैंने उसे कहीं दूर सीटी बजाते सुना है। लेकिन वह मेरे सामने नहीं आया। कौन जाने वह सिर्फ कहीं दूर से टकरा कर लौटी सीटी की आवाज हो, जिसका अपना कोई वजूद न सही, लेकिन मेरे साये से जुड़ने की कोशिश कर रही हो।

कई महीने बाद वह मुस्कुराता हुआ चेहरा फिर दिखाई दिया। मैं मानसून की बारिश में भीगता हुआ घर जा रहा था कि तभी एक जगह धुंध छंटी और मैंने उसे अपने सामने पाया। मैं पुराने कम्युनिटी सेंटर में एक डिनर पार्टी में गया था, और उस काफी संकरे खड़ी चढ़ाई वाले रास्ते से घर लौट रहा था जिसे आइब्रो के नाम से जाना जाता था। सरे शाम से तूफान ने दहला रखा था। पहाड़ पर घना कोहरा छाया हुआ था। इतना घना कि मेरी टॉर्च की रोशनी उसे चीर नहीं पा रही थी। आसमान में हर तरफ रह-रह कर बिजली चमक रही थी और उसकी कड़क ऐसी सुनाई देती थी जैसे पहाड़ों पर कलाबाजी खाती हुई इधर से उधर आ-जा रही हो। बारिश तेज हो गयी। मैं बहुत ध्यान से, पहाड़ी से सट कर धीरे-धीरे आगे बढ़ रहा था। एक बार फिर बिजली कड़की और तब मैंने देखा कि वह धुंध से बाहर निकल कर मेरे रास्ते में खड़ा हो

गया था- वही दुबला-पतला सांवला सा लड़का जिससे कब्रिस्तान के पास सामना हुआ था। वह मुस्कुराया नहीं। इसके बजाय उसने अपना हाथ उठाया और मेरी तरफ देखते हुए हिलाया। मैं हिचकिचाया, और बिना हिले वही खड़ा रहा। धुंध थोड़ी सी छंटी, तो मैंने देखा कि आगे का रास्ता गायब था। मेरे सामने सिर्फ कुछ फुट पर खाई थी, सौ फीट से भी ज़्यादा गहरी।

बचने के लिए वहां उगी कंटीली झाड़ी को पकड़ कर जैसे ही मैं पीछे हटा, वह लड़का गायब हो गया। मैं लड़खड़ाता-संभलता वापस कम्युनिटी सेंटर आ गया और लाइब्रेरी में एक कुर्सी पर रात बितायी।

वह फिर मुझे कभी नहीं दिखाई दिया।

लेकिन कुछ हफ्ते बाद, जब मैं बुरी तरह सर्दी-जुकाम का शिकार होकर बिस्तर पर पड़ा था, मैंने उसे अपने कमरे की खिड़की के नीचे सीटी बजाते हुए सुना। क्या वह मुझे अपने साथ चलने के लिए बुला रहा था? मैं सोच में पड़ गया। या वह मुझे यह तसल्ली देने की कोशिश कर रहा था कि सब कुछ ठीक है? मैंने बिस्तर से उठकर बाहर देखा, लेकिन मुझे कोई नहीं दिखाई दिया। उसके बाद समय-समय पर कई बार मैंने उसकी सिटी सुनी, लेकिन, जैसे-जैसे मेरी तबीयत ठीक होती गयी, उसकी आवाज फीकी पड़ती गयी, और फिर पूरी तरह सुनाई देनी बंद हो गयी।

मैं पूरी तरह ठीक हो गया, और फिर पहले की तरह पहाड़ की चोटी तक पैदल सैर को जाने लगा। हालांकि मैं अक्सर सुनसान सड़क पर इधर से उधर आता जाता और अंधेरा होने तक कब्रिस्तान के आसपास मंडराता रहता, लेकिन सीटी बजाने वाले को न फिर कभी देखा और न सुना। मुझे अकेलापन महसूस होता था। एक दोस्त की कमी अखरती थी, भले ही वह साइकिल पर सवार बच्चे का भूत ही क्यों न हो। लेकिन वहां साथ के नाम पर सिर्फ पेड़ थे।

और इसीलिए अब मैं हर शाम अंधेरा होने पर घर चला जाता हूँ, अपना वही पुराना गीत गाते हुए:

गिनती के हम तीन

न दोस्त-यार न मेला।

बस मेरे बोलों की गूंज,

मेरा साया, और मैं अकेला।

17

भूत और बेवकूफ

आगरा के पास किसी गाँव में एक परिवार एक भूत, मुंजिया, जो पीपल के पेड़ में रहा करता था के खास संरक्षण में था। भूत ने अपने आप को इस खास परिवार से जोड़ लिया था और रात के समय पत्थर, हड्डियाँ, मिट्टी और दूसरा कचरा फेंक कर और कई अवसरों पर उन्हें डराते हुए, भयानक शोर करके घर के सदस्यों के लिए प्रति अपना स्नेह उड़ेला करता था। उस भूत की सरपरस्ती के कारण, परिवार के सदस्यों की संख्या कम होती चली गई। एक के बाद एक वे मरते गए। बचने वाले वालों में सिर्फ एक बेवकूफ सा लड़का था, जिसे भूत परेशान नहीं करता था क्योंकि भूत को लगता था इस लड़के को परेशान करना उसकी अपनी गरिमा के ख़िलाफ है।

किसी भी भारतीय गांव में (जन्म और मृत्यु की तरह) शादी की बारी भी जरूर आती है। इसीलिए उस बेवकूफ लड़के के पड़ोसियों ने भी उस लड़के की शादी की तैयारियां करनी शुरू कर दी।

गाँव के बड़े-बुजुर्गों के साथ एक बैठक करने के बाद, सबसे पहले यह तय किया गया कि इस मूर्ख की शादी कर दी जाए। और दूसरी बात यह कि उसकी शादी किसी ऐसी लड़की से की जाए, जो बीस साल की उम्र पार कर चुकी हो और जिसकी शादी के लिए कोई लड़का न मिल रहा हो!

झगड़ालू लड़की और उस मूर्ख लड़के की जल्दी ही शादी कर दी गई और उसके बाद उन्हें अपना जीवन जीने के लिए छोड़ दिया गया। उस गरीब मूर्ख लड़के के पास अपना जीवन चलाने का कोई साधन नहीं था। उसे भीख मांग कर अपना जीवन चलाना पड़ता था। वह पहले

ही मुश्किल से खुद का पालन-पोषण कर पाता था और अब उसपर पत्नी का अतिरिक्त बोझ आ पड़ा था। इस घर में आते ही दुल्हन ने जो पहला काम किया वह यह था कि उसने लड़के के सिर पर प्रहार करते हुए उसे खाने के लिए कुछ लाने के लिए भेज दिया।

बेचारा घर-घर भटका, मगर किसी ने उसे कुछ नहीं दिया। क्योंकि जिन लोगों ने उसकी शादी की व्यवस्था की थी वे इस बात से नाराज थे कि उसने उन्हें शादी की दावत नहीं दी। शाम को जब वह खाली हाथ घर लौट आया तो उसकी पत्नी उस पर यह कहते हुए चिल्लाई:

'आलसी मूर्ख तुम खाली हाथ घर लौट आए? तुमने इतनी देर क्यों लगा दी और मेरे लिए कुछ लाए भी नहीं?

जब उसने देखा कि उसके पास एक भी पैसा नहीं है तो वह गुस्से में भर उठी और लड़के के सिर का बंधे हुए कपड़े को लेकर उसे पीपल के पेड़ की तरफ फेंक दिया। फिर झाड़ू उठाकर अपने पति को तब तक पीटती रही जब तक कि वह घर से भाग नहीं गया।

लेकिन फिर भी उस गुस्सैल स्त्री का गुस्सा शांत नहीं हुआ। पीपल के पेड़ पर अपने पति के सिर के कपड़े को देखकर वह चौंकाने वाली गालियों और पेड़ के साथ मारपीट करते हुए अपना गुस्सा पेड़ के तने पर निकालने लगी।

पेड़ में रहने वाला भूत, उसके वार और उसकी भाषा दोनों से डर गया। उस स्त्री की भयानक बददुआओं के डर से कि ये भयानक गालियां और शाप उसका अंत कर सकते हैं, भूत ने उस पेड़ को छोड़ दिया जिसमें वह इतने वर्षों तक रहा था और भागना शुरू कर दिया।

बवंडर पर सवार होकर भूत ने जल्द ही उस मूर्ख लड़के को पकड़ लिया जो अब भी गाँव से दूर जाने वाली एक सड़क पर भागा चला जा रहा था।

'इतनी तेज मत भागों मेरे भाई!' भूत लड़के पर चिल्लाने लगा। अपनी पत्नी को भले छोड़ दो, लेकिन अपने परिवार के पुराने भूत को

मत छोड़ो! उस झगड़ालू औरत ने मुझे पीपल के पेड़ से भगा दिया। जितने मजबूत उसके हाथ हैं उतनी ही घटिया उसकी जुबान है! उसने हमें भाई बना दिया है - दुर्भाग्य के कारण बने भाई। इसलिए हमें एक साथ मिलकर अपने भाग्य की तलाश करनी चाहिए! लेकिन पहले तुम मुझसे वादा करो कि तुम अपनी पत्नी के पास वापिस नहीं जाओगे।'

बेवकूफ लड़के ने बहुत खुशी से यह वादा किया और वे किसी बड़े शहर तक पहुंचने के लिए साथ-साथ यात्रा करते रहे।

शहर में प्रवेश करने से पहले भूत ने लड़के से कहा, 'अब मेरी बात सुनो, भाई। यदि तुम मेरी सलाह मान जाओगे तो तुम्हारा भाग्य बन जाएगा। इस शहर में दो बेहद खूबसूरत लड़कियां हैं। एक तो राजा की बेटी है और दूसरी एक अमीर साहूकार की बेटी है। मैं राजा की बेटी को अपने कब्जे में कर लूंगा और जब राजा उसकी आत्मा तो तड़पता हुआ देखेगा तो वह हर तरह के उपाय करने की कोशिश करेगा। लेकिन किसी उपाय का कोई असर नहीं होगा। इसी बीच तुम ऐसे एक साधु के वेश में सड़कों पर चलना जिसने दुनिया को त्याग दिया है। और जब राजा तुमसे पूछेगा कि क्या तुम उनकी बेटी को ठीक कर सकते हो तो तुम्हें उसे ठीक करने का वचन देते हुए अपनी शर्तें बतानी होंगी। जैसे ही मैं तुम्हें साधु के रूप में देखूंगा, उसकी लड़की को छोड़ दूंगा। उसके बाद मैं साहूकार की बेटी को अपने नियंत्रण में कर लूंगा। लेकिन तुम उसके पास मत आना, क्योंकि मैं उस लड़की से प्यार करता हूँ और उसे तुम्हें देने का मेरा कोई इरादा नहीं है! अगर तुम उसके करीब आओगे, तो मैं तुम्हारी गर्दन तोड़ दूंगा।'

भूत अपने बवंडर पर सवार होकर चला गया, मूर्ख लड़के ने शहर में प्रवेश किया और तीर्थयात्रियों के लिए बनी एक सराय में एक बिस्तर ले लिया। अगले दिन शहर में हर कोई इस खबर से परेशान था कि राजा की बेटी बेहद खतरनाक रूप से बीमार है। कई तरह के वैद्य आए और चले गए। सभी ने लड़की की बीमारी को लाइलाज घोषित कर दिया। राजा विक्षिप्त होने के कगार पर था। उसने अपनी खूबसूरत बेटी

को ठीक कर देने वाले को अपना आधा धन देने का वचन दे दिया। साधुओं की तरह धूल और राख में लिपटा हुआ वह बेवकूफ लड़का धार्मिक छंदों का पाठ करते हुए सड़कों पर चल रहा था।

बेवकूफ लड़के की शक्ल देखकर लोग दंग रह गए। लोग उसे बुद्धिमान और पवित्र व्यक्ति मान कर राजा के पास ले गए और राजा को उसके बारे में सूचना दी, जो उसी समय शहर में आया था, बेवकूफ लड़के ने राजा के सामने दण्डवत किया और उनसे उनकी बेटी को ठीक करने की बात कही। विनम्रता और अनमनी सी हरकतें करने के बावजूद बेवकूफ लड़का राजा के महल में जाने को राज़ी हो गया। राजा की पुत्री को साधु के सामने लाया गया। लड़की के बाल बिखरे हुए थे, उसके दाँत किटकिटा रहे थे और उसकी आँखें लगभग बाहर निकलने को हो रही थीं। वह चिल्ला रही थी, गालियां दे रही थी और अपने कपड़े फाड़ रही थी। साधु बने बेवकूफ ने उसके सामने आकर कुछ अर्थहीन मंत्र पढ़े। भूत ने उसे पहचान लिया और डर से चिल्लाया: 'मैं जा रहा हूँ,' मैं जा रहा हूँ! मैं वापिस लौट रहा हूँ!'

'मुझे ऐसी कोई निशानी दो जिससे पता चले की तुम लड़की को छोड़ कर चले गए हो,' बेवकूफ लड़के ने भूत से कहा।

जैसे ही मैं लड़की को छोड़ दूंगा तो तुम देखोगे कि आम का यह पेड़ उखड़ गया है!

कुछ देर बाद आम का पेड़ नीचे गिर गया। लड़की पर आने वाले दौरे बंद हो गए। उसे पता ही नहीं चला कि उसे आखिर हुआ क्या था। उसके चमत्कारी इलाज की खबर पूरे शहर में फैल गई और वह मूर्ख श्रद्धा और आश्चर्य का पात्र बन गया। राजा ने अपनी कही बात को मानते हुए साधु को अपनी संपत्ति का आधा हिस्सा दे दिया और इस तरह उस बेवकूफ के लिए सुख और समृद्धि का दौर शुरू हो गया।

कुछ हफ्ते बाद भूत ने साहूकार की बेटी, जिससे वह प्यार करता था, को अपने कब्जे में कर लिया। अपनी पुत्री को पागलपन की अवस्था में देखकर, साहूकार ने अत्यंत सम्मानित उस मूर्ख साधु को बुलवा भेजा और अपनी बेटी को ठीक करने के लिए उसे एक बड़ी

राशि की पेशकश की। मगर मूर्ख लड़के को भूत की चेतावनी याद आ गई और उसने आने से मना कर दिया। इस इनकार से साहूकार गुस्से में भर उठा और उसने अपने गुर्गों को मूर्ख लड़के को जबरदस्ती उसके पास लाने के लिए भेजा। वे लोग उस मूर्ख को घसीटकर साहूकार के घर में ले गए।

जैसे ही भूत ने अपने पुराने साथी को देखा, वह गुस्से से चिल्लाने लगा: 'बेवकूफ, तुमने हमारे आपस के बीच के समझौता क्यों तोड़ दिया। तुम यहाँ क्यों आ गए? अब मैं तुम्हारी गर्दन तोड़ दूंगा!

लेकिन उस मूर्ख, जिसकी बुद्धिमान के रूप में ख्याति ने उसे वाकई समझदार बनाने में मदद की थी, ने कहा, 'भूत भाई मैं आपको परेशान करने के लिए नहीं बल्कि आपको एक भयानक खबर सुनाने आया हूं। मेरे पुराने दोस्त और मेरे रक्षक, हमें जल्द ही इस शहर को छोड़ देना चाहिए। मेरी खूंखार पत्नी, हम दोनों को पीटने और हमें वापस गाँव ले जाने के लिए यहाँ आ गई है। वह अभी रास्ते में ही है और किसी भी समय यहाँ पहुँचने वाली है।'

जब भूत ने यह बात सुनी तो वह चिल्ला उठा, 'अरे नहीं, अरे नहीं! यदि वह आ रही है तो हमें यहाँ से निकलना चाहिए!'

और घर की दीवारों और दरवाजों को तोड़कर, भूत ने खुद को एक छोटे से बवंडर में समेट लिया और एक खाली पीपल के पेड़ की तलाश में शहर से बाहर निकल गया।

साहूकार ने अपनी बेटी को बुरे प्रभाव से मुक्त देखकर खुशी से मूर्ख को गले लगा लिया और उस पर उपहार बरसा दिए और कुछ समय के बाद उस मूर्ख ने साहूकार की सुन्दर पुत्री से विवाह कर लिया। साहूकार की संपत्ति और देनदारी उसे विरासत में मिल गई और वह शहर का सबसे धनी और सबसे सफल साहूकार बन गया।

18

जिन्न की परेशानी

मेरे दोस्त जिमी का सिर्फ एक हाथ है। जब वह पच्चीस साल का था तब उसने अपना दूसरा हाथ गंवा दिया था। उसका दाहिना हाथ कैसे गायब हुआ, उस कहानी पर विश्वास करना थोड़ा मुश्किल है, लेकिन मैं कसम खाकर कहता हूँ कि यह बात या कहानी बिल्कुल सच है।

सबसे पहले यह बता दूँ कि, जिमी एक जिन्न था (और शायद अभी भी है)। जिन्न वास्तव में हम जैसे इंसान नहीं होते। असल में, जिन्न दूसरी दुनिया की आत्माएँ होती हैं, जो जीवन भर, किसी इंसान के सांसारिक पक्ष की कल्पना किए रहती हैं। जिमी एक सच्चा जिन्न था और उसके पास अपनी इच्छा से अपनी बांह बढ़ाने या घटाने का वरदान था। अधिकतर जिन्न, अपनी बाहों को बीस या तीस फीट की दूरी तक फैला सकते हैं। जबकि जिमी अपनी बाहों को चालीस फीट की ऊँचाई तक बढ़ा सकता था। उसका हाथ अंतरिक्ष की तरफ या ऊपर की दीवारों पर या जमीन के साथ एक सुंदर लहराते सांप की तरह चलता था। मैंने उसे एक आम के पेड़ के नीचे फैला हुआ देखा था, जो पेड़ के सबसे ऊपर की शाखाओं से पके आम तोड़कर खा सकता था। उसे आम बहुत पसंद थे। वह आदतन बहुत पेटू था और शायद यही वजह थी कि वह अपने वरदान का अजीबोगरीब उपयोग और दुरुपयोग किया करता था।

हम उत्तर भारत के हिल स्टेशन के एक स्कूल में एक साथ पढ़ते थे। जिमी बास्केटबॉल में बहुत अच्छा था। वह इतना चतुर था कि वह अपनी बांह को ज्यादा लंबा नहीं करता था क्योंकि वह नहीं चाहता था कि किसी को पता चले कि वह एक जिन्न है। उसने बॉक्सिंग रिंग में आमतौर पर अपने सभी फाइट जीती थीं।

उसके प्रतिद्वंद्वी कभी भी उसके आगे टिक नहीं पाए। वह तो बस उनके नाक को थपथपाता रहा जब तक कि वे रिंग में खून से लथपथ और बेसुध नहीं हो गए।

मुझे अर्द्धवार्षिक परीक्षाओं के दौरान ही जिमी के रहस्य का पता चला। हमारे लिए बीजगणित का बहुत ही कठिन पेपर सेट किया गया था, लेकिन मैंने सवालों के सही उत्तर लिख कर कुछ शीट ही भरी थी और दूसरी शीट लेने वाला था कि मैंने देखा कि मेरी मेज पर किसी का हाथ पड़ा हुआ था। पहले तो मुझे लगा कि यह निरीक्षक का हाथ है। लेकिन जब मैंने ऊपर देखा तो मेरे बगल में कोई नहीं था। मैं असमंजस में था, कि क्या यह हाथ बिलकुल मेरे पीछे बैठे लड़के का हो सकता है? नहीं, वह तो अपने प्रश्न पत्र में तल्लीन था और उसने अपने हाथ अपने सामने रखे हुए थे। इसी बीच, मेरे डेस्क पर रखे हुए उस हाथ ने मेरी उत्तर पुस्तिकाओं को पकड़ लिया था और सावधानी से आगे बढ़ रहा था। थोड़ी देर बाद मैंने पाया कि जिस हाथ में मेरी उत्तरपुस्तिका थी वह आश्चर्यजनक रूप से लम्बा और लचीला था। जिन्हें लेकर वह चुपके से डेस्क के नीचे चला गया और फर्श पर फिसल कर, लगातार सिकुड़ने लगा और तब तक सिकुड़ता रहा जब तक कि वह अपनी सामान्य लंबाई में नहीं आ गया।

यह हाथ उस लड़के का था जो बीज गणित में कभी भी अच्छा नहीं था।

मुझे अपने उत्तर दुबारा लिखने पड़े लेकिन परीक्षा के बाद मैं सीधे जिमी के पास गया। उससे कहा कि मुझे उसका खेल पसंद नहीं है और मैंने उसकी पोल खोलने की धमकी दी। उसने मुझसे विनती की कि मैं उसके बारे में किसी को न बताऊँ, उसने मुझे बताया कि वास्तव में वह खुद की मदद नहीं कर सकता, और जब भी मैं चाहूँ वह मेरी मदद करेगा

मेरे लिए जिमी को अपना दोस्त बनाना अद्‌भुत था, क्योंकि उसके हाथों की लंबी पहुंच मेरे लिए जरूर उपयोगी साबित होगा। मैंने मैंने

अपनी उत्तर-पुस्तिकाएँ चुराने वाली बात को नजरंदाज कर दिया और हम अच्छे दोस्त बन गए।

जल्दी ही मुझे पता चल गया कि उसकी कमजोरी लम्बे काले सुन्दर बाल थे। जिमी का वरदान खुराफाती था वह अपने बढ़ जाने वाले हाथों से ज्यादातर उपद्रव ही किया करता था।

जिमी अपने वरदान स्वरूप मिले हाथों के इस्तेमाल के लिए अभी छोटा था। लेकिन अपनेआप को लंबे काले बालों को छूने और सहलाने से नहीं रोक पाता था। उसकी इस सनक को मिटाने के लिए सिनेमा सबसे अच्छी जगह थी। सिनेमाघर की सीट पर बैठने के बाद उसकी बाँह खिंचने लगेगी, उसकी उंगलियां सीटों की पंक्तियों के साथ अपने आप को महसूस करेंगी, और उसका लंबा हाथ धीरे-धीरे गलियारे में बढ़ता जाएगा- जब तक कि अपनी पसंद की चीज की सीट के पीछे न पहुँच जाए। उसका हाथ लंबे काले बालों को बड़ी कुशलता से सहलाता। यदि लम्बे काले बालों वाली लड़की अपने बालों पर कुछ महसूस करती और चारों ओर देखती तो जिमी का हाथ सीट के पीछे गायब हो जाता और सांप के फन की तरह लेट जाता और फिर हमला करने की मुद्रा बना लेता।

कॉलेज के दो या तीन साल बाद, जिमी ने अपने पहले सच्चे शिकार के आगे घुटने तक दिए। वह अर्थशास्त्र की लेक्चरर थीं, दिखने में बहुत सुंदर नहीं थीं, लेकिन उसके बाल, बहुत ही काले और चमकदार थे, और घुटनों तक लंबे थे। आमतौर पर वह उन्हें चोटी में बाँध कर रखती थीं। लेकिन जिमी ने उसे एक सुबह सिर धोने के तुरंत बाद उसे देख लिया, जब उसके बाल उस चारपाई पर फैल गए थे जिस पर वह लेटी हुई थी।

जिमी अपने आप को रोक नहीं पाया। उसके व्यक्तित्व का मर्म, उसकी आत्मा, उस लेक्चरर के शरीर में प्रवेश कर गई और अगले दिन वो बेचैन, बुखार से पीड़ित और परेशान हो गईं। उन्होंने खाना नहीं

खाया, वह कोमा में चली गईं और कुछ ही दिनों में कंकाल बन कर रह गईं। जब वो मरीं, तो वो हड्डी चमड़ी का ढाँचा भर बची थी, लेकिन उसके बालों ने अपनी सुंदरता नहीं खोई थी। वे पहले जैसे काले, लम्बे और चमकदार थे।

इस दुखद घटना के बाद मैं जिमी से बचने लगा। हालाँकि मैं यह साबित नहीं कर सका कि उस स्त्री के दुखद निधन का कारण जिमी ही रहा होगा। लेकिन अपने दिल में मैं इस बारे में पक्का था कि वही उसकी मौत का कारण था। जिमी से मिलने के बाद से, मैंने जिन्नों के बारे में बहुत कुछ पढ़ा था और मैं उनके तौर-तरीकों को जानता था।

कुछ सालों तक हमने एक-दूसरे को नहीं देखा और फिर, पिछले साल पहाड़ियों में छुट्टियां मनाने के दौरान हम दोनों एक ही होटल में ठहरे हुए थे। मैं उसे नजरअंदाज नहीं कर सका और हम दोनों एक साथ बैठे, हमने बियर पी एक साथ कुछ बियर पीने के बाद मुझे लगने लगा कि मैंने शायद जिमी को गलत समझा था और वह कोई गैर-जिम्मेदार जिन्न नहीं है, जैसा मैं उसे समझ रहा था। शायद उस कॉलेज के लेक्चरर की किसी रहस्यमय बीमारी से मृत्यु हो गई थी जो केवल कॉलेज के लेक्चररों को ही पकड़ती थी और जिमी का इससे कोई लेना-देना नहीं था।

हमने अपना लंच और बीयर की कुछ बोतलें, मुख्य मोटर रोड के ठीक नीचे एक घास के मैदान में ले जाने का फैसला किया। दोपहर हो चुकी थी और मैं बियर के प्रभाव से सो रहा था कि उठकर अचानक देखा कि जिमी कुछ परेशान लग रहा था।

'क्या हुआ?' मैंने पूछा।

'वहां ऊपर देखो, देवदार के पेड़ों के नीचे,' उसने कहा, 'सड़क के ठीक ऊपर। क्या तुम्हें वह नहीं दिखाई दे रही?'

'मुझे दो लड़कियाँ दिखाई दे रही हैं,' मैंने कहा, 'तो क्या?'

'बाईं ओर वाली लड़की को देखो। क्या तुमने उसके बालों पर गौर नहीं किया?'

'हाँ, उसके बाल तो बहुत ही लम्बे और सुंदर हैं। और अब देखो, जिमी, अच्छा यही रहेगा कि तुम अपने आप को संभालो, अपने पर कंट्रोल करो!' लेकिन उसका हाथ तो मेरी नजरों से ओझल हो चुका था, और उसका हाथ पहाड़ी और सड़क के पार कहीं पर फँस गया था।

फिर मुझे लड़कियों के पास कुछ झाड़ियों से एक हाथ निकलता दिखाई दिया और वह हाथ बड़ी सावधानी से काले बालों वाली लड़की के पास चला गया। जिमी अपने पसंदीदा शगल की खोज में इतना लीन था कि उसे हॉर्न की आवाज नहीं सुनाई दी। सड़क के मोड़ के आसपास एक तेज रफ्तार मर्सिडीज-बेंज ट्रक आया।

जिमी ने ट्रक को देखा लेकिन उसके पास अपना हाथ फिर से सामान्य करने के लिए, उसे सिकोड़ने का वक्त नहीं था। उसका हाथ सड़क की पूरी चौड़ाई में पड़ा था और जब ट्रक उसके ऊपर से गुजरा, तो वह घायल अजगर की तरह बुरी तरह से मुड़ गया।

जब तक ट्रक चालक और मैं डॉक्टर को लेकर आए, तब तक हाथ (या जो बचा था) अपने सामान्य आकार में सिकुड़ गया था। हम जिमी को अस्पताल ले गए जहां डॉक्टरों ने इसे काटना जरूरी समझा। ट्रक चालक, इस बात पर जोर देता रहा कि वह जिस हाथ के ऊपर से निकला था वह कम से कम तीस फीट लंबा था, ऐसा कहने पर उस ड्राइवर को नशे में गाड़ी चलाने के आरोप में गिरफ्तार कर लिया गया।

कुछ हफ्ते बाद, मैंने जिमी से पूछा, 'तुम इतने उदास क्यों हो? तुम्हारे पास अब भी एक हाथ है, क्या तुम्हारे इस हाथ को कोई वरदान प्राप्त नहीं है?'

'मैंने कभी इसे परखने की कोशिश नहीं की,' उसने कहा, 'और मैं अब इसकी कोशिश भी नहीं करूंगा।'

बेशक, वह दिल से अभी भी एक जिन्न है और जब भी वह लंबे काले बालों वाली लड़की को देखता है, तो उसे अपनी बची हुई स्वस्थ बांह को आजमाने और उसके खूबसूरत बालों को सहलाने का मन करता है। लेकिन अब उसे सबक मिल गया था। जिन्न या जीनियम होने की अपेक्षा बिना किसी वरदान के सामान्य इंसान होना ज्यादा अच्छा है।

19

विल्सन ब्रिज

पुराना लकड़ी का पुल टूट चुका है और अब एक लोहे का झूलता हुआ पुल है जो भागीरथी पर फैला हुआ है। क्योंकि यह गंगोत्री के नीचे से रास्ता बनाते हुए बहती है। लेकिन नदी के पास रहने वाले ग्रामीण लोग बताते हैं कि आज भी विल्सन के घोड़े के खुरों को आवाज आती है। क्योंकि वह 150 साल पहले बनाए गए पुल के पार सरपट दौड़ रहा था। उस समय लोगों को पुल की मजबूती पर संदेह था, इसलिए, इसकी मजबूती को साबित करने के लिए, विल्सन बार-बार उस पर सवार हुआ। पुराने पुल के कुछ हिस्सों को अभी भी नदी के दूर किनारों पर देखा जा सकता है। विल्सन और उसकी सुंदर पहाड़ी दुल्हन गुलाबी की कथा आज भी इस इलाके में प्रचलित है।

मैं कुछ दोस्तों के साथ नदी के पास वाले पुराने वन विश्राम गृह में गया था। मेरे साथ युवा राय दंपति थे, जिनकी हाल ही में शादी हुई थी। और दत्ता दम्पती थे, जिनकी शादी कई वर्ष पहले हुई थी। युवा राय दंपति बार-बार झगड़ते थे। जबकि उनसे कुछ बड़े दत्ता एक दूसरे के प्रति चिंतित होने के बजाय मस्ती कर रहे थे। मैं उनके ग्रुप का हिस्सा होते हुए भी एक बाहरी व्यक्ति था। एक सिंगल आदमी के रूप में, मैं एक महत्वहीन व्यक्ति था। और मैरिज काउंसलर होते हुए भी, मैं उनके किसी काम का नहीं था।

एक शाम देर से विश्राम गृह में लौटते हुए, मैं पुल के आधे रास्ते में ही था कि मैंने दूसरे छोर पर धुंध से उभरती हुई एक आकृति देखी। उस समय मुझे लगा कि वह पहाडियों की सादी धोती पहने कोई औरत थी, उसके बाल उसके कंधों पर गिरे हुए थे और वह पुल की रेलिंग के ऊपर से झुक कर, नीचे की ओर बहते पानी को देख रही थी

फिर, मैंने आश्चर्य और भय से देखा कि वह रेलिंग पर चढ़ गई और नदी में कूद गई।

मैं उसे पुकारते हुए आगे की ओर दौड़ा, लेकिन मैं उसे नीचे झागदार पानी में गिरते हुए देखने के लिए रेलिंग के पास पहुंचा, तो देखा कि नदी के पानी का तेज बहाव उसे नीचे की ओर ले गया।

चौकीदार का केबिन कुछ दूरी पर था। केबिन का दरवाजा खुला। चौकीदार राम सिंह अपने बिस्तर पर लेटा हुआ हुक्का पी रहा था।

'किसी ने पुल से छलाँग लगा दी,' मैंने हाँफते हुए कहा, 'वह नदी में बह गई!'

चौकीदार बेफिक्र बना रहा। 'फिर से गुलाबी ने,' चौकीदार अपने आप से कह रहा था, और फिर उसने मुझसे पूछा, 'क्या आपने उसे ठीक से देखा था?'

हाँ, लंबे ढीले बालों वाली एक औरत थी।

'लेकिन मैं उसका चेहरा ठीक से नहीं देख पाया।'

'वह गुलाबी ही होगी। वह तो सिर्फ एक भूत है, सर। घबराने की कोई बात नहीं है। समय-समय पर कोई न कोई उसे नदी में छलाँग लगाते देखता है। बैठ जाइए, उसने एक पुरानी कुर्सी की ओर इशारा करते हुए कहा,'आराम करिए। मैं आपको उस भूतनी के बारे में सब कुछ बताऊंगा।'

मैं सहज नहीं हो पा रहा था, लेकिन मैंने राम सिंह से गुलाबी की आत्महत्या की कहानी सुनी। मुझे एक गिलास गर्म मीठी चाय पिलाने के बाद, उसने मुझे विल्सन की लम्बी कथा सुनाई कि कैसे एक सा. हसी ब्रिटिश जवान विल्सन, जो अपनी किस्मत आजमा रहा था, उसे कस्तूरी मृग का शिकार करते समय, गांव के रास्ते में गुलाबी नाम की एक लड़की मिली।

लड़की की धूसर-हरी आँखें और थोड़ा बैंगनी रंग, जिसपर वह मंत्रमुग्ध हो गया था।

वो अपना शिकार छोड़कर उसके घरवालों से मिलने के लिए उसके पीछे-पीछे चल दिया। क्या वह उससे प्यार करता था, या उसे वह सिर्फ सुंदर और आकर्षक लगी थी? हम इस बारे में शायद ही कभी जान

पाएं। अपनी यात्रा और साहसिक कामों को अंजाम देने के दौरान उसका कई स्त्रियों से पाला पड़ा था, लेकिन गुलाबी उन सब स्त्रियों से अलग थी, बिल्कुल बच्चों जैसी सरल। विल्सन ने फैसला कर लिया कि वह उससे ही शादी करेगा। गुलाबी जिस उदार परिवार से ताल्लुक रखती थी, उसे इस बंधन से कोई आपत्ति नहीं थी। शिकार विधा की अपनी सीमाएं थीं, विल्सन को इस इलाके की महत्वपूर्ण वन संपदा का दोहन करना अधिक लाभदायक लगा। कुछ ही वर्षों में उसने बहुत सी दौलत इकट्‌ठा कर ली। उन्होंने हर्सिल में एक बड़ा लकड़ी का घर बनवाया, दूसरा देहरादून में और तीसरा घर मसूरी में बनवाया। अब गुलाबी के पास वह सब कुछ था जो वह चाहती थी। उसके दो स्वस्थ छोटे बेटे भी थे। विल्सन जब काम पर जाता था, तो वह अपने बच्चों और हर्सिल में अपने बड़े सेब के बाग की देखभाल करती थी। और फिर वह बुरा दिन आया जब विल्सन को मसूरी मॉल में अंग्रेज महिला रूथ मिली, और उसने फैसला किया कि रूथ को उसके प्यार और उसकी संपत्ति का हिस्सा होना चाहिए। विल्सन ने रूथ को एक बढ़िया घर भी खरीद कर दिया था। अब विल्सन हर्सिल में गुलाबी और अपने बच्चों के साथ कम समय दे पाता था। अब वह 'बिजनस अफेयर्स' नाम के एक बैंक के मालिकों में से एक था और अब वह फैशनेबल हिल रिसॉर्ट में रहने लगा था।

वह लोकप्रिय मेजबान था और अपने दोस्तों सहयोगियों को दून की शिकार पार्टियों में ले जाता था।

गुलाबी ने अपने बच्चों को गांव के तौर-तरीकों से पाला। उसने विल्सन की उस अंग्रेज स्त्री के साथ दोस्ती की कहानियां सुनीं और जब वह कई दिनों बाद उसके पास आया, तो गुलाबी ने उसे बहुत फटकार लगाई, और उस अंग्रेज औरत को छोड़ देने के लिए कहा। विल्सन ने गुलाबी को विश्वास दिलाया कि ऐसा कुछ नहीं है, यह तो निरी अफवाह है। और उसे आगाह किया कि आगे से लोगों की बातों में न आए। जब वह उससे थोड़ी दूर हुआ तो गुलाबी ने मेज पर रखी फ्लिंटलॉक पिस्तौल उठाई और उस पर एक गोली चला दी। उसका

निशाना चूक गया और वह गोली उसके आईने पर जा लगी, आईना चूर-चूर हो गया।

इसके बाद गुलाबी घर से बाहर निकल भागी, बाग में से होते हुए और जंगल की तरफ निकल गई, फिर ढलवा रास्ते से नीचे की तरफ पुल तक पहुँच गई – पुल तक का वह रास्ता दो या तीन वर्ष पहले विल्सन ने ही बनवाया था। जब विल्सन उस अनहोनी घटना के सदमें से वापिस लौटा तो अपने घोड़े पर सवार होकर उसकी तलाश में निकला। तब तक बहुत देर हो चुकी थी। गुलाबी तो कब की पुल से नीचे बहते पानी में छलांग लगा चुकी थी। उसका पार्थिव शरीर नदी में एक या दो मील नीचे की ओर चट्टानों के बीच फँसा हुआ मिला था।

यह वह कहानी थी जो राम सिंह ने मुझे सुनाई थी, जिसमें शायद उसने अपने जुमले और मनगढ़ंत विचार जरूर पिरोए होंगे। मैंने सोचा कि मैं उस शाम विश्राम गृह में अपने दोस्तों के साथ आग के पास बैठने के समय यह कहानी सुनाऊँगा और मैंने वाकई उन्हें यह कहानी सुनाई, उन सब को कहानी आकर्षक लगी, लेकिन जब मैंने उन्हें बताया कि मैंने गुलाबी का भूत देखा है, तो उन्हें लगा कि मैं इस कहानी में अपनी खुद की कोई छोटी सी कल्पना जोड़ रहा हूँ। श्रीमती दत्ता को यह कहानी बहुत दुखद लगी। युवा श्रीमती राय ने बताया कि गुलाबी बहुत मूर्ख थी। 'वह एक साधारण लड़की थी,' श्री दत्ता ने कहा।

उसने उसी तरह की प्रतिक्रिया दी जैसा वह जानती थी...'; 'पैसे से खुशी नहीं खरीदी जा सकती,' श्री राय ने कहा। 'नहीं,' पैसे से खुशियां तो नहीं खरीदी जा सकती, श्रीमती दत्ता ने कहा, 'लेकिन पैसे से आप बहुत सारी सुख-सुविधाएं जरूर खरीद सकते हैं।' श्रीमती राय कुछ और किसी और बारे में बात करना चाह रही थीं, इसलिए मैंने विषय बदल दिया। मेरे जैसे कुँवारे के लिए, दो विवाहित जोड़ों के साथ शाम बिताना बहुत पेचीदा काम था। कुछ छुपी हुई बातें थीं जिनके बारे में वह जानता था मगर उनसे बर्ताव करने के लिए वह तैयार नहीं था।

मैं उसके बाद अक्सर पुल पर घूमा करता था। दिन के समय यह पुल अक्सर वाहनों से भरा रहता था, लेकिन शाम के बाद सड़क पर

कुछ ही वाहन होते थे और शायद ही इसपर कभी कोई पैदल यात्री होता था। पर्वत के बीच के संकुचित मार्ग से धुंध उठी और पुल का दूसरा छोर धुंधला हो गया। गुलाबी के भूत को देखने की आधी इच्छा और आधी उम्मीद से मैंने शाम के समय वहाँ घूमना पसंद किया। सच में मैं उसका चेहरा देखना चाहता था। क्या वह अब भी उतनी ही खूबसूरत होगी जितनी वह थी?

हमारे जाने से पहले की शाम थी में ऐसा कुछ हुआ जो मुझे लंबे समय तक परेशान करेगा।

जैसे-जैसे हमारे जाने के दिन करीब आ रहे थे, मुझे एक बेचैनी सी महसूस हो रही थी। राय दंपति के बीच स्पष्ट रूप से मतभेद दिख रहे थे हालाँकि वे ज्यादा बात नहीं कर रहे थे। श्री दत्ता दिल्ली में अपने कार्यालय वापस जाने के लिए उत्सुक थे और श्रीमती दत्ता की गठिया की बीमारी चल रही थी। मैं भी बेचैन था और मसूरी में अपनी स्टडी टेबल पर लौटना चाहता था।

उस शाम मैंने पहाड़ों में गर्मियों की रात की ठंडी हवा का आनंद लेने के लिए पुल पर आखिरी बार चहलकदमी करने का फैसला किया। चाँद अभी नहीं आया था और वाकई काफी अंधेरा था, हालाँकि पुल के दोनों छोर पर लैम्प थे जो पुल को पार करने की इच्छा रखने उनकी रोशनी पर्याप्त थी।

मैं पुल के बीच में सबसे अंधेरे हिस्से में खड़ा था, तीखी ढालों वाली तंग घाटी जिस के बीच में से नदी बहती है उसकी गर्जन सुन रहा था, तब मैंने साड़ी से लिपटी आकृति को लैम्पलाइट से निकल कर रेलिंग की ओर जाते हुए देखा।

सहज भाव से मैंने पुकारा, 'गुलाबी!'

उसका शरीर मेरी तरफ आधा मुड़ा, लेकिन मैं उसे साफ तौर पर देख नहीं सका। हवा ने बालों को उसके चेहरे पर ला दिया था और मैंने देखा वह लगातार मुझे घूर रही थी। वह रेलिंग के ऊपर आई और पुल से नीचे कूद गई। पानी के बहुत नीचे जाकर जैसे ही उसका शरीर टकराया, मुझे पानी की आवाज सुनाई दी।

एक बार फिर मैंने अपने आप को रेलिंग के उस हिस्से की ओर भागते हुए पाया जहाँ से वह नीचे कूदी थी। तभी कोई विश्राम गृह की ओर से उसी तरफ भाग रहा था, वे जवान मिस्टर राय थे।

'मेरी बीवी!' वे चिल्लाए 'क्या तुमने मेरी पत्नी को देखा?'

वह रेलिंग के पास पहुँचे और नदी के बहते पानी को देखने लगे।

'देखो! वहाँ है वो!' उन्होंने एक बेबस आकृति की ओर इशारा किया जो पानी में उछल रही थी।

हम किनारे से नदी की ओर भागे लेकिन धारा उसे आगे की ओर ले गई। चट्टानों और झाड़ियों में हाथ-पांव मारते हुए, हमने डूबती हुई स्त्री को पकड़ने के लिए काफी कोशिश की लेकिन उस गंदगी में नदी एक शोर मचाने वाली धारा है और एक घंटे से कुछ समय पहले हम बेचारी श्रीमती राय के शरीर को प्राप्त कर सके, जो बहते हुए लगभग एक मील नीचे की ओर फँस गया था।

जहाँ वह हमें मिली थी वहाँ से अधिक दूर नहीं थी वह जगह जहाँ हमने उसका अंतिम संस्कार किया था। हम निराशा और शोक में अपने-अपने घरों में लौट खुद को दंड देते हुए लेकिन कोई भी इस अनुभव के लिए तैयार नहीं था।

यदि आप उस इलाके में हों और देर शाम पुल पार करने का निर्णय लेते हैं तो गुलाबी के भूत दिख सकता है। या आप विल्सन के घोड़े की खुर की धड़कन सुन सकते हैं। क्योंकि वह पुराने लकड़ी के पुल में उसकी तलाश कर रहा है या आप श्रीमती राय का भूत देख सकते हैं और उनके पति की पीड़ा को सुन सकते हैं। या वहाँ कोई दूसरा भी हो सकता है, कौन जाने?

20
तकिये के नीचे चेहरा

'जंगल में डेरा डालना खतरे से भरा था', मैंने टिप्पणी की, 'आपने घर में काम करते हुए अधिक सुरक्षित महसूस किया होगा!'

महमूद ने कहा, 'ठीक है, खाना बनाना वाकई अधिक आसान है।' 'लेकिन मुझे यह नहीं पता कि यह ज्यादा सुरक्षित है। यह सच है कि जानवर अंदर नहीं आ सकते लेकिन कुछ कमरों में भूत और बुरी आत्माएँ छिपी हुई थीं। मैंने अपना कमरा तीन बार बदला, लेकिन हमेशा कोई न कोई मेरे पीछे रहता था। मुझे नहीं पता कि मुझे आपको यह बताना चाहिए, बाबा। आपके पास अपना छोटा कमरा है और आप चीजों की कल्पना करना शुरू कर सकते हो...।'

'महमूद, मैं भूतों से नहीं डरता।'

'आप ऐसा इसलिए कह रहे हैं क्योंकि आपने भूत नहीं देखा है। हालाँकि मुझे यकीन नहीं है कि वह भूत था। और मैंने सच में कुछ भी नहीं देखा। लेकिन मुझे यह सब ठीक लगा!'

'तुम भूत महसूस नहीं कर सकते, महमूद। कम से कम कहानियों में तो नहीं।'

'यह कोई कहानी नहीं थी। जंगल में कारपेट साहब के घर में यह मेरी पहली रात थी। उनका कई कमरों वाला एक बड़ा घर है, मुझे अपना एक कमरा दिया गया था। उस अलग सी जगह बिजली नहीं थी। हमने मिट्टी के तेल या मोमबत्तियों का इस्तेमाल किया।

मैं अपनी खुद की रजाई और कंबल लेकर आया था लेकिन यहाँ का गद्दा अजीब सा था और तकिया भी कुछ ऐसा ही था। यह तकिया नहीं था बल्कि एक कुशन था बहुत पुराना, बहुत सख्त और ढलका हुआ सा। उस बिस्तर पर मेरी पहली रात थी और मैं बहुत असहज था।

मोमबत्ती स्वयं ही बुझ गई थी और मैं अभी भी जाग रहा था। मैं बहुत कम देख पा रहा था, बस एक छोटी सी खिड़की थी जिससे कमरे के भीतर थोड़ी सी चाँदनी आ रही थी। मैं लगभग सो ही चुका था कि मैंने सुना कि कोई मेरे बगल पड़ा कराह रहा है, वह इस तरह जोर-जोर से कराह रहा था मानो उसे दर्द हो रहा हो। लेकिन बिस्तर पर और उसके नीचे भी कोई नहीं था।

कुछ देर के लिए कराहना बंद हो गया, और फिर जैसे ही मैं सोने लगा, कराहना फिर से शुरू हो गया। कराहना जारी रहा, अब ऐसा लग रहा था कि यह कराहने की आवाज मेरे तकिए के नीचे से आ रही है।

मैं अपनी तरफ मुड़ा और धीरे-धीरे ध्यान से, मैंने अपना हाथ तकिए के नीचे सरका दिया।

मेरे हाथ का सामना एक बालों वाले चेहरे, एक मोटे से मुंह, आंखों के बजाय खोखले ढाँचे से हुआ। छूते समय भयानक लगने वाला! इंसान का चेहरा नहीं, बाबा-राक्षस जैसा चेहरा!

मैंने अपना हाथ निकालने की कोशिश की, लेकिन उस भयानक मुँह ने उसे पकड़ लिया। लंबे नुकीले दाँतों वाला मुँह खंजर जैसा होता है! अगर मैं मदद के लिए नहीं चिल्लाता तो वह मुँह मेरी उंगलियां काट देता।

कालीन साहब और उनकी बहन और दूसरे नौकर दौड़ते हुए मेरे पास आए। जैसे ही वे मशाल और दीपक लेकर कमरे में पहुँचे उन भयानक दाँतों ने मेरा हाथ को छोड़ दिया।

'तकिये के नीचे!' मैं चीख उठा, 'तकिये के नीचे।'

'उन्होंने तकिये के नीचे देखा! लेकिन वहां कुछ भी नहीं था। मैंने उन्हें अपनी उँगलियाँ दिखाईं– उनमें से बहुत सारा खून बह रहा था।

कालीन साहब की बहन ने कहा, 'आपको चूहे ने काट लिया होगा। लेकिन वह जानती थीं कि यह चूहे का काम नहीं है। उसने मुझे सोने के लिए एक दूसरा कमरा दे दिया।'-

'और क्या आप दूसरे कमरे में ठीक थे?'

एक दो रात सब ठीक ठाक रहा बाबा, लेकिन फिर वही हुआ!

'आपने अपना हाथ फिर तकिए के नीचे रखा?

और वह चेहरा वहाँ भी था?'

'पूरा चेहरा नहीं, बाबा। बस कुछ नरम और स्पंज जैसा। मुझे लगा जैसे मेरे तकिए के नीचे घोंघा है। मैं उठा, मैंने अपना लैम्प जलाया और मैंने तकिये के नीचे देखा।'

'क्या था महमूद? जल्दी बताओ।'

यह एक आँख की पुतली थी, बाबा, एक आँख जिसे अपनी जगह से निकाल दिया गया था। वह मुझे घूर रही थी। बस एक आँख। घूरती हुई! मैंने उसे उठाकर खिड़की से बाहर फेंक दिया और उस तकिए को भी दूर फेंक दिया। मुझे यकीन है उस तकिए पर कुछ भयानक घटा था।

'उस कमरे में नहीं घटा था?'

'उस कमरे में नहीं उस तकिये पर। अगले दिन मैं शहर गया और एक नया तकिया खरीदा और उसके बाद से मैं हर रात मजे से सोया। कभी भी अजीब कुशन या तकिए का इस्तेमाल न करें बाबा। तकिये पर भयानक चीजें हुई हैं। तो याद रखें- जब आप अगले महीने स्कूल लौटें, तो एक नया तकिया लें और किसी दूसरे का तकिया इस्तेमाल न करें!

महमूद की कहानी सुनने के बाद मैं हमेशा तकिए का इस्तेमाल करते समय सावधानी बरतता था। कई साल के बाद अब भी मैं जहां भी जाता हूँ, अपना खुद का तकिया ले जाता हूँ। होटल का कोई तकिया मैं इस्तेमाल नहीं करता। कौन जानता है उसके नीचे क्या हो!

21
भुतही जगहें

झूलने वाली कुर्सी

हां, पुराने घरों में कभी-कभी बहुत पहले मर चुके लोगों की आत्माएँ कब्ज़ा जमाए रहती हैं। ऐसे लोग जो उस टूटी छत के नीचे कभी रहते और प्रेम करते थे।

दीवारें पूरे दिन हमें सुनती रहती हैं और जब देर रात घर के लोग सो रहे होते हैं, तब भूत और घर के बाकी लोग जीवित हो जाते हैं। आपस में गपशप करते हैं और अपने इंसानी मेहमानों की ताकत और कमजोरियों पर चर्चा करते हैं। उन दीवारों, उन चित्रों, उन पुरानी मेजों और कुर्सियों ने जीत और त्रासदी देखी है। और कभी-कभी वे इन चीजों के साथ प्रतिध्वनित भी होती हैं और जो कुछ उन्होंने देखा है उसका पता देती हैं।

उस पुरानी रॉकिंग चेयर की तरह जिसे मैंने लंढौर के घंटाघर के पास पुरानी चीजों की दुकान से लिया था। मुझे रॉकिंग चेयर खरीदने की कोई इच्छा नहीं थी, लेकिन जब मैंने उसे दुकान के एक कोने में देखा तो मैं उसपर खुद को बैठने से रोक नहीं सका; और जब मैंने यह देखा कि यह मेरे आकार के लिए सही है, मैं कुछ समय के लिए बैठा रहा, और इसपर बैठकर लगने लगा जैसे कि यह मेरी है और इसपर मेरा अधिकार होना चाहिए।

हमने इस कुर्सी की कीमत को लेकर सौदेबाजी की और अधिक पैसा मैंने नहीं दिया। हालाँकि दुकान के मालिक ने मुझे बताया था कि यह कभी एक शाही परिवार की कुर्सी हुआ करती थी। एक नेपाली मजदूर ने इसे अपनी पीठ पर उठाकर पहाड़ी के ऊपर बने मेरे कमरे में पहुँचाया और मुझे अपने बेडरूम में जहां धूप आती थी वहाँ इस कुर्सी को रखने की जगह मिल गई।

हर दोपहर मैं उस रॉकिंग चेयर में बैठ जाता, थोड़ा पढ़ता और फिर सोने के लिए झुलता रहता जब तक कि बीना एक कप चाय के साथ मुझे न जगाती। दिन में मैं इस झूले वाली कुर्सी पर खुद को झुलाता रहता।

यह सिर्फ रात का समय होता, देर रात का, जब कोई इस कुर्सी पर कब्जा कर लेता था।

कुछ दिनों से कुर्सी मेरे कमरे में थी, मुझे लगता था कि इसे नए परिवेश की आदत होने लगी है। फिर एक रात, लय के साथ चरमराती हुई आवाज से मैं जाग गया और बेडलाइट के स्विच को ऑन कर मैंने देखा कि रॉकिंग चेयर गति में आगे-पीछे इस तरह से हिल रही थी जैसे उसपर कोई बैठा हुआ हो।

ख़ैर, इसपर कोई बैठा हुआ नहीं था। मैं इस नतीजे पर पहुँचा कि यह सब मेरी खुली हुई खिड़की से हल्की हवा के आने की वजह से हुआ होगा जो गर्मियों की रातों में खुली रहा करती थी।

यह कई मौकों पर हुआ और मुझे इस चीज की आदत हो गई एक दिन देर रात कुर्सी को चरमराती हुई सुनकर मैंने लैम्प ऑन किया तो उस पर एक बूढ़ी औरत बैठी हुई थी। जो आगे पीछे झूल रही थी और मुझे देखकर बच्चों की तरह मुस्कुरा रही थी। उनकी उंगलियों पर अंगूठियां थीं और उसका गाउन महंगा दिखाई दे रहा था। मगर उस बूढ़ी स्त्री के मुँह में दांत नहीं थे और इस वजह से उसकी मुस्कराहट एक तरह से अशुभाकरी धूर्त की बनावटी हँसी का आभास दे रही थी। मैं बिस्तर से उठा और जैसे ही मैं उठा बूढ़ी औरत की आकृति गायब हो गई, खाली कुर्सी हिलती रही।

अगले दिन मैंने इस कुर्सी को अटारी में हटा दिया। मैं रात में वहाँ नहीं जाता। लेकिन दूसरे दिन, सूर्य की रोशनी वाले अपने छोटे से कमरे में पढ़ते हुए, मैंने कुर्सी की चरमराहट सुनी और सीढ़ियों पर चढ़ने के लिए पूरी हिम्मत भरी यह देखने के लिए कि क्या वहाँ पर कोई है।

मैंने देखा वहाँ पर पड़ोस की एक बिल्ली थी, धारीदार बड़ी सी बिल्ली, कुर्सी के बीच में गुड़ीमुड़ी बैठ कर कुर्सी के हिलने का आनंद ले रही थी।

शायद बूढ़ी रानी को साथ पसंद है। क्योंकि बिल्ली अक्सर वहाँ रहती है, संतोषपूर्वक घुर्राती रहती है। बिल्लियाँ इंसान से अधिक देख पाती हैं। और अगर झूलने वाली कुर्सी से एक बूढ़ी रानी के भूत को खुशी मिलती है तो इस कुर्सी पर उसका स्वागत है।

लेकिन मैं रात के समय अटारी पर नहीं जाता। मैं बस दिन में उसे देखता हूँ।

भूत बंगला

1950 के दशक में जिन दिनों मैं अपनी किशोरावस्था में था तो मैं अक्सर राजपुर रोड पर घूमता रहता था। वृक्षों से घिरा हुआ एक शांत राजमार्ग-जिसपर इधर-उधर कुछ पुराने बंगले बने हुए थे। उनमें से एक दो मंजिला इमारत कई सालों से खाली पड़ी थी। यह भूत बंगले के रूप में प्रसिद्ध थी और इसे खरीदने या किराए पर लेने में किसी की कोई दिलचस्पी नहीं थी। राहगीर भी इससे बचकर निकलते थे।

मैंने उस इमारत को बाहर से देखा था, लेकिन मैं कभी भी इसके आहाते में नहीं गया था। इसकी भूतिया कहानी कुछ इस तरह की थी। यह घर एक निःसंतान बुजुर्ग अंग्रेज दंपत्ति का था और वे सालों तक इसमें रहते रहे। लेकिन जब वे अधिक बुजुर्ग हो गए और जमा पूँजी से उनकी आय कम हो गयी। और आजादी के समय के दिन तो वाकई मुश्किल दिन थे। वृद्ध और एकांतप्रिय होने के कारण बाकी लोग, जो अधिकतर भारत छोड़ने की व्यवस्था करने में व्यस्त थे, ने उन्हें भुला दिया था। 1948 के अंत तक देहरा में रहने वाले अधिकांश एंग्लो-इंडियन और यूरोपीय लोग अपने घर यानि (यू.के.) के लिए रवाना हो गए थे।

लेकिन वह बुजुर्ग दम्पति इच्छा से ज्यादा मजबूरी में यहीं रह गया था। दरअसल उन्हें भुला दिया गया था– जब एक दिन, एक बिल

कलेक्टर (बिजली या पानी या कुछ अवैतनिक सेवाओं के लिए) उनके घर में दाखिल हुआ और उसने बूढ़े जोड़े को अपने बड़े फोर-पोस्चर बेड में मृत पाया गया। वे दोनों शायद कुछ ही घंटों के भीतर, भूख से मर गए थे। पोस्टमॉर्टम से पता चला कि उनका पेट खाली था।

यह एक दुख देने वाली और निराश करने वाली कहानी थी। और लोग इसके बारे में बात नहीं करना चाहते थे। इसमें किसी की गलती नहीं थी लेकिन जब किसी साथी इंसान की उपेक्षा के कारण मृत्यु हो जाती है तो हम सभी अपने आप को थोड़ा कसूरवार महसूस करते हैं।

मैं सुनसान घर के बारे में उत्सुक था लेकिन खुद उसके भीतर जाने से डरता था। इसके बजाय मैं वहाँ उगी झाड़ियों और मुरझाते गुलाब के पौधों वाले मैदान के चारों ओर घूमता रहा। एक फूल वाला पौधा जीवित रहने के लिए संघर्ष कर रहा था लेकिन वहाँ बिछी लंबी घास और खरपतवार उसपर हावी हो रहे थे।

जैसे मैं टूटे हुए फाटक से निकलने ही वाला था कि वहाँ से साइकिल पर गुजरने वाले मेरे चचेरे भाई रोनाल्ड ने मुझे दूर से पुकारा।

'अरे, रस्किन, तुम वहाँ क्या कर रहे हो?

तुम अब भूत-शिकारी बन गए हो क्या?'

मैंने अपने आप को थोड़ा मूर्ख महसूस करते हुए कहा, 'बस इधर-उधर देख रहा हूँ।' क्या सच में मुझे वहाँ भूतों के दिखने की उम्मीद थी?

'मैं भी आता हूँ तुम्हारे साथ,' रोनाल्ड ने कहा,' लेकिन पहले मुझे कुछ खाना लाने दो। खाली पेट आप भूतों की तलाश नहीं कर सकते।' और वह एलोरा बेकरी की तरफ चला गया।

वह एक आवेशपूर्ण व्यक्ति था और मुझे यकीन नहीं था कि वह वापस आएगा। लेकिन बीस मिनट बाद वह खुले हुए गेट से साइकिल चला कर आ गया। उसकी खरीदारी की टोकरी में पेस्ट्री, बन्स, चीज रोल, चिकन पेटीज़, सैंडविच... थे। रोनाल्ड की पॉकेट मनी मेरी पॉकेट

मनी से कहीं ज्यादा थी। उसके पिता सिनेमा हॉल के मालिक थे, मेरे सौतेले पिता का देनदार पूरा शहर था।

चलो अंदर चलते हैं, रोनाल्ड ने कहा। वे यहाँ नहीं हैं और भूत धूप नहीं सेंकते।

अब तक मैं बगीचे में ही था, अपने दम पर घर में प्रवेश करने से से डर रहा था। लेकिन रोनाल्ड ने अंदर जाने में कोई संकोच नहीं दिखाया; मैं तो बस उसके पीछे पीछे गया।

अधिकांश फर्नीचर कमरों से उठ चुका था। हॉल में रखे सोफे की भराई बाहर आ चुकी थी। भोजन कक्ष में एक मेज और टूटी हुई कुर्सियों की एक जोड़ी। बेडरूम में बिना किसी गद्दे या चादर के एक बड़ा डबल बेड। जो कुछ बेची जाने वाली चीजें थीं उन्हें शायद लुटेरे ले जा चुके थे।

हम कोई गुंडे नहीं थे, लेकिन हम थोड़े दुष्ट थे, जो दुखद परि. स्थितियों में मारे गए लोगों के इस उजड़ चुके घर में पिकनिक कर रहे थे। रोनाल्ड इस पूरी बात को लेकर बहुत बेफ़िक्र था। उसके लिए यह सब बड़ा मजेदार था।

ड्रेसिंग टेबल पर सभी व्यंजनों को फैलाते हुए उसने कहा, 'डटकर खाओ रस्किन।' ड्रेसिंग टेबल का शीशा टूट गया था, बुजुर्ग दंपति ने अपने आखिरी वक्त को छोड़कर बाकी दिनों में इसमें अपना चेहरा देखा होगा।

मेरी भूख कम होने लगी थी। वे बुजुर्ग लोग भूख से मर गए थे और यहाँ पर हम केक और सेवरीज खा रहे थे। जब मैंने इस बात को कहा तो रोनाल्ड ने जवाब दिया, 'ओह! जो कुछ हुआ उसमें हमारी गलती नहीं थी। यदि अभी भी वे आसपास में हैं तो हमारे साथ भोजन करने के लिए उनका स्वागत है।'

लेकिन आसपास कोई नहीं था। भूत बंगला? कमरे पूरी तरह से खाली थे। हर जगह बस धूल और मकड़ी के जाले।

एक बड़ी मकड़ी, बिस्तर के उस पार भाग गई।

'हम मकड़ी के लिए पेस्ट्री छोड़ देंगे' रोनाल्ड ने कहा,' और चूँकि आप कुछ नहीं खा रहे हैं, हम बाकी भोजन को पुराने लोगों के लिए छोड़ देंगे।'

मैंने कहा, 'यहां कोई खाना मत छोड़ो। बल्कि लगता है'

'क्या?'

'अपमानजनक।'

तुम पुराने जमाने के व्यक्ति हो, रस्किन। चलो चलते हैं। मैं तीन बजे मैटिनी जाना चाहता हूँ। वे ओडियन में बेन-हूर दिखा रहे हैं।

मैं गेट तक उसके साथ गया। नहीं, मुझे आपदा का कोई पूर्वाभास नहीं था, लेकिन मैंने उनके पिलर पर सवारी करने के उनके निमंत्रण को अस्वीकार कर दिया और जहाँ तक बेन-हूर की बात है, वो अर्द्ध-धार्मिक नज़रिया, उसकी लाखों की कीमत वाले अभिनेता-वर्ग, मुझे उत्साहित करने में विफल रहे।

रोनाल्ड को अपनी साइकिल पर भरोसा था। और अपनी आदत के अनुसार, वह तेजी से दौड़ पड़ा। जैसे कि वह किसी साइकिल रेस का हिस्सा हो। तमाम कोशिश करके उसने एक छोटे ट्रक के फेंडर को पकड़ लिया और कुछ दूर तक उसके साथ चला। जैसे ही उसने गति पकड़ी और ट्रक को छोड़ दिया और सड़क के बीचों-बीच मुड़ गया। उसी समय विपरीत दिशा से आ रहे सेना के ट्रक ने उसे सीधे टक्कर मार दी, जिससे वह नीचे गिर गया और ट्रक उस बेबस लड़के को रौंदते हुए गुजर गया।

यह सब बहुत अचानक हुआ। मैं हैरान था और जैसे वहीं जम सा गया। लोग रोनाल्ड की सहायता के लिए दौड़े और कुछ ही मिनटों में ट्रक चालक और उसके साथी बुरी तरह से घायल लड़के को पास के छावनी में सेना के अस्पताल ले गए। लेकिन रोनाल्ड नहीं बच पाया। यह किसी की गलती नहीं थी, बस उसके लापरवाह स्वभाव का एक तर्कसंगत नतीजा था।

और हमने कोई भूत नहीं देखा था। लेकिन क्या उन्होंने हमें देखा था? क्या हम दोपहर में तारे देखते हैं? वे वहाँ पर हैं, नीचे हमें देख रहे हैं, और हम हैं जो उन्हें नहीं देख सकते।

रोनाल्ड के माता-पिता इस त्रासदी से तबाह हो गए, क्योंकि वह उनका इकलौता बेटा था। मैं उनके बहुत करीब कभी नहीं रहा था, लेकिन मैंने दुर्घटना देखी थी और इस हादसे ने कई सालों तक मेरी यादों को झकझोर कर रख दिया था। इसने मुझे यह समझाने में मदद की कि जीवन का महत्त्व, इनाम या सजा नहीं है।

एक प्रेतवाधित ग्रह

पिछले दो वर्षों के दौरान मानव जाति में घुसपैठ करने वाले को. विड वायरस से अधिक खतरनाक कोई दूसरा भूत नहीं है। अदृश्य! अजेय! सभी को एक बार अपने प्रभाव में लेने वाला। वैज्ञानिकों को चकित करता और चिढ़ाता हुआ, गुरुओं और साधुओं को वाद-विवाद से वंचित करता हुआ, हममें से कुछ में सबसे अच्छा दूसरों में सबसे खराब लाता हुआ।

एक सच्चा भूत, बिना पासपोर्ट के, बिना किसी बाधा के दुनिया की यात्रा करता है। भीड़ में सबसे ज्यादा खुशी, मौज-मस्ती करने वालों या प्रदर्शनकारियों या उपासकों के बीच अनदेखे लोगों को एक साथ लाता है। यह भूत भीड़ प्रेमी है लेकिन यह किसी दूर के गाँव या एकांत पहाड़ी की चोटी पर आपका पीछा करेगा।

क्या यह प्रकृति है जो विद्रोह कर रही है, हमें बता रही है कि हम मालिक नहीं हैं। और यह कि हम इस अनोखे ग्रह को कितना नष्ट कर रहे हैं। और उसमें जहर भर रहे हैं। और उसे उजाड़ रहे हैं। इसकी भी एक सीमा है। कौन जाने?

शायद अक्सर आने वाले कम हो जाएंगे तब हमें पता चलेगा। या हमने गलतियों से सीखने में बहुत देर कर दी?

2 बजे

सुबह के दो बजे – सबसे अँधेरा वक्त, जब हमारी मानसिक और शारीरिक ऊर्जा सबसे कम होती है। जो लोग गंभीर रूप से बीमार हैं उनके लिए यह क्षय काल है। जो अनिद्रा के शिकार लोग हैं, उनके लिए भयानक अवसाद का समय है।

प्रोस्टेट की समस्या के कारण मुझे अपने मूत्राशय पर दबाव कम करने के लिए रात में कम से कम तीन बार उठना पड़ता है। बारह बजे या उसके बाद: लगभग 2 बजे और फिर सुबह लगभग चार बजे। बारह बजे कुछ लोग जाग रहे होते हैं। सुबह चार बजे कुछ लोग इसलिए उठ जाते हैं क्योंकि उनके सामने एक व्यस्त दिन होता है- जिसमें उन्हें विमान यात्रा या कोई लंबी सड़क यात्रा करनी होती है। लेकिन सुबह दो या तीन बजे शरीर का कोई पता नहीं चलता। सन्नाटा पसरा हुआ है। कुत्ते भी उस समय भौंकना बंद कर देते हैं। पड़ोस के कुत्ते जो सिर्फ इसलिए भौंकते हैं क्योंकि दूसरे कुत्ते भौंक रहे हैं।

और फिर, दूसरी रात, कुछ असामान्य सा घटा। मैं अभी-अभी बाथरूम से लौटा ही था और अपने बिस्तर पर जाने ही वाला था कि सामने के दरवाजे पर जोर से दस्तक हुई।

2 बजे कौन हो सकता? मैं किसी ऐसे व्यक्ति के बारे में नहीं सोच सकता जो रात के अंधेरे में आपसे बातें करना चाहेगा। निश्चय ही कोई आपात स्थिति है। मैंने अपना ड्रेसिंग गाउन पहन लिया, सामने के दरवाजे पर गया और बिना किसी हिचकिचाहट के दरवाजा खोल दिया।

वह वहाँ मेरे ऊपर खड़ी थी, लगभग नौ या दस फीट लंबी, काले रंग की एक स्त्री। मैं डर गया और सिर से पाँव तक कांप गया। मैं उसका चेहरा नहीं देख सकता था, लेकिन मैंने उसके हाथों-बड़े हाथों और लंबी खुरदुरी उँगलियों को देखा।

मैं डर से कांप उठा। यदि वहाँ कोई था तो यह मौत का काला फरिश्ता था। मैंने दरवाजा बंद करने की कोशिश की, लेकिन वह मेरे हाथ से फिसल गया। दरवाजें को धक्का दे रही थी। हताशा में मैंने

उसकी एक उँगली पकड़ी और उसे पीछे की ओर झुका दिया और आखिर में उसने अपने हाथ खींच लिए और मैं दरवाजा बंद करके सिटकनी करने में सक्षम हो गया।

मैं अपने शयनकक्ष में लौट आया। यह कहना मुश्किल है कि मैं कोई सपना देख रहा था या कुछ बेहद सच और वास्तविक अनुभव कर रहा था। यह जानते हुए भी कि मैं सो नहीं पाऊँगा मैं अपने बिस्तर के एक किनारे पर बैठ गया। मैंने लाइट ऑफ कर दी और जैसे ही मैंने यह किया, दस्तक की आवाज फिर से आनी शुरू हो गई। लेकिन इस बार यह आवाज खिड़की से आ रही थी। कोई सड़क के ऊपर दो मंजिला खिड़की के किनारे पर खड़ा होकर, खिड़की के शीशे को थपथपा रहा था।

पर्दे खिंचे हुए थे। मैंने उन्हें थोड़ा सा घसीट कर एक तरफ खींच लिया और पूरी खिड़की खोल दी। यह आवेग से किया गया काम था, हिम्मत से किया गया काम नहीं। लेकिन मुझे लगा कि मेरा किसी भयानक आगंतुक से सामना होगा।

वहाँ कोई नहीं था। उसने अपनी उपस्थिति का आभास कराया और चली गयी।

2 बजे मध्य रात्रि।

रात की मृत्यु। जब मुर्दे घूम रहे होते हैं।